乡村书系列二 /

新疆美术摄影出版社
新疆电子音像出版社

庄稼日记

孙继泉 著

图书在版编目（CIP）数据

庄稼日记 / 孙继泉著. -- 乌鲁木齐：新疆美术摄影出版社：新疆电子音像出版社, 2012.4

ISBN 978-7-5469-2249-2

Ⅰ.①庄… Ⅱ.①孙… Ⅲ.①散文集–中国–当代 Ⅳ.①I267

中国版本图书馆 CIP 数据核字(2012)第 063638 号

责任编辑　马晓慧
插　　图　轩辕文慧
封面设计　王　芬

庄稼日记

著　　者	孙继泉	
出　　版	新疆美术摄影出版社	
	新疆电子音像出版社	
地　　址	乌鲁木齐市经济技术开发区科技园路7号	
邮　　编	830011	
制　　作	乌鲁木齐标杆集书刊设计有限公司	
发　　行	新华书店	
印　　刷	三河市燕春印务有限公司	
开　　本	700 mm × 1 000 mm　　1/16	
印　　张	11	
字　　数	90 千字	
版　　次	2012 年 4 月第 1 版	
印　　次	2013 年 1 月第 1 次印刷	
书　　号	ISBN 978-7-5469-2249-2	
定　　价	22.00 元	

目　录

小麦日记

小麦:真核域。植物界。被子植物门。单子叶植物纲。禾本目。禾本科。小麦属。小麦种。一年或二年生草本植物,茎直立,中空,叶子宽条形,子实椭圆形,腹面有沟。子实供制面粉,是主要粮食作物之一。由于播种时期的不同有春小麦、冬小麦。

9月16日

腾茬。

像换场时的舞台。灯光渐暗,幕布拉合。少顷,帷幕徐徐拉开,明亮的光线下面,已是一个崭新的天地。

现在,从秋天的大地上清场的是玉米,即将登台的是小麦。

玉米全都掰完了,秸秆也已砍倒,正等着拖拉机的到来。

耕、耙、耧,打线、调畦、播种……

9 月 17 日

拖拉机拖着整齐的犁铧突突驶过,裹挟着一股尘土。鲜土的腥气随风飘溢。铁犁下面,会有什么东西被改变? 蚂蚁窝、蟋蟀窝、田鼠洞、兔子洞、蛇洞、蚯蚓的温床、众多微生物的家、虫蝶的卵、田鼠码在仓库里的粮食、上茬作物——玉米、大豆、高粱、绿豆拟或棉花、芝麻的根、各种野草的根、未及发芽的种子……都在闪光的犁片下被彻底颠覆。这样的灾难对于它们大概不亚于 20 级地震吧。

看似平静安宁的田野,其实杀气腾腾,危机四伏。

9 月 18 日

"今是土之生五谷也,人善治之,则亩益数盆,一岁而再获之。"

——《荀子·富国》

不耕行不行呢?

以前不耕。说的是几千年以前。那时候是撂荒耕作制。在山阳或水湄,瞧准一块肥美之地,烧毁其中的树木,铲除上面的野草,用木棒或石斧将土层掘松,撒下种子。三年,或者五年,肥力枯竭,即将此地弃置,另辟新地,待地力自然恢复,再行种植。后来,先人的耕作制度先后经历了休闲制、轮作制、复种制以致现在的多熟制。为了提高产量,增加收益,又诞生了什么扩耕法、精耕法、畎亩法、代田法、区种法。人们的贪欲已经使耕地疲惫至极。那种靠雨水、腐殖质及鸟兽粪肥悄悄滋养,靠昆虫走兽疏松土壤的历史一去不返。现在,我们必须用铁硬的犁铧把日益板结的表土划开、破碎,用肥料使土壤肥沃,用喷灌滋润禾苗。

所幸的是,大地每年都没有辜负我们,大地总是让我们的劳动和汗水变成丰收和欢笑。

9 月 19 日

耕地的方法经历了多种尝试和变革,它是随着犁具的不断发明而改变的。最早人们使用过木犁和石犁,铁犁的出现是农具史上的一项重大革命,从此开始了人类耕作上的新时代。牵引力早期一律是人力。西周时期，当时盛行耦耕，即二人为一组，荷犁向前，合力而耕。牛被驯化以后，又出现了直辕犁和曲辕犁。拖拉机的出现实现了"耕地不用牛"的梦想。动力的提高又促进了犁具的花样翻新。8 世纪，铧式犁在欧洲诞生；1847 年，圆盘犁在美国获得专利；1896 年，匈牙利人创制了旋转犁，使机耕效率得到了空前的提高。

在千里大平原上，隆隆的拖拉机驶过，数米宽的土地被深翻，坚硬的地面变得松软。而在山区丘陵地带的梯田或沟边山凹的零星地块，牛拉铁犁仍是唯一的办法。

9 月 20 日

"麦，天所来也。"

——《说文解字》

小麦的老家在哪里？

一般认为，小麦起源于中东的新月沃土区。新月沃土或肥腴月湾是指中东两河流域及附近一连串肥沃的土地。包括今日的以色列、巴勒斯坦、黎巴嫩、约旦部分地区、叙利亚以及伊拉克和土耳其东南部。由于其在地图上好像一弯新月，所以美国芝加哥大学的考古学家詹姆士·布雷斯特德把这一片肥美的土地称为"新月沃土"。

在犹太教教义中，新月沃土中的巴勒斯坦地区被称为"应许之地"，意思是上帝赐予自己的"特选子民"犹太人安居乐业的沃土，而耶路撒冷附近的地方土地确实十分肥沃，适合发展农业经济。那儿是 11000 年前首个所知的农业定居点，是农业文明的发祥地。目前全球众多的粮食作物及果蔬都是从那儿引进并逐步改良和大面积种植的。

9 月 21 日

"济水和宜麦"。

鲁南是冬小麦的主产区之一。这儿成块的土地秋天一律播种小麦,播种的人不记得在这个节令种植过其他什么作物。小麦在这块土地上种了多少年,他们不知道。

从考古学提供的材料看,我国栽培小麦,大约有四千年以上的历史。20世纪60年代初,新疆天山东部的巴里坤县石子乡土墩遗址(属新疆新石器时代三种文化类型之一的"含彩陶类型")里曾发现过已经碳化的小麦粒。1979年,塔里木盆地东端的罗布泊西北约70公里的孔雀河下游北岸,一个原始社会的墓葬随葬草篓内又发现了保存完好的小麦粒。这里临近中亚,小麦最先就是由西亚通过中亚,进入到中国的西部地区。商周时期,小麦已进入中原。《礼记·月令》中就有天子亲自祈麦实,劝种麦的记载。据《左传》记载,当时小麦产地已遍及今河南、安徽、山东、山西、河北等地。汉代以前,小麦的主产区是山东一带。《春秋》中所反映的麦作情况确切地说是春秋时期鲁国的情况。和鲁国相邻的是齐国,境内有济水。《淮南子》载"济水和宜麦"。这些说明春秋时期,齐鲁之地是小麦的主产区。

据文献记载,我国大面积种植小麦当始于汉代。《汉书·食货志(上)》云:汉武帝时,董仲舒曾上奏:"《春秋》它谷不书,至于麦禾不成则书之(按:《春秋》记载麦禾歉收之事,如庄公七年'秋,大水,无麦苗';庄公二十八年'……冬……大无麦禾'),以此见圣人于五谷最重麦与禾也。今关中俗不好种麦,是岁失《春秋》之所重,而损生民之具也。愿陛下幸诏大司农,使关中民益种宿麦,令毋后时。"所谓宿麦,秋冬种之,经岁乃熟,故云宿麦,即冬小麦。因此,汉武帝派"遣谒者劝种宿麦"。汉成帝(刘骜,公元前32年—公元前7年在位)时,著名农学家氾胜之曾以"轻车使者"的名义,在关中平原推广种植小麦而著称天下。《后汉书》所载东汉皇帝对粮食生产所下的十几次诏书,其中有九次涉及麦,充分显示了麦在汉代粮食生产中的地位。正如有些学者所说:"两汉以粟麦为主的粮食生产结构是北方作为全国经济重心的反映。"另外,20世纪30年代出土的居延汉简中所见农作物也有小麦的记载。如简文:"出麦五斗,廪夷胡嘾长王勒五日食。"

"出麦五百八十石八斗八升,以食田卒剧作六十六人五月尽八月。"汉以后,历朝历代均重视小麦生产。三国时的曹操更以重视小麦种植著称。他曾立下"士卒无败麦,犯者死"的命令。于是当军队通过麦田时,"骑士皆下马,付麦以相持。"曹操还以身作则,割发代刑,以示对自己坐骑误入麦中的一种惩罚。唐朝的皇帝身体力行种植小麦。唐玄宗开元二十二年,上种麦于苑中,率太子以来亲往芟之,他这么做一方面是想让太子们知稼穑之艰难,同时也考虑到"比岁令人巡检苗稼,所对多不实,故自种植以观其成。"北宋太宗时,诏江南、两浙、荆湖、岭南、福建诸洲长吏劝民益种诸谷,民乏粟、麦、黍、豆者,于淮北州郡给之。仁宗皇祐五年,在后苑建宝政殿,专以种麦,用于每年的"幸观"。南宋孝宗乾道七年,诏两浙、江、淮、湖南、京西路帅、漕臣督守令劝民种麦,务要赠广,自是每岁如之。淳熙八年,考虑到农民缺少麦种,诏诸路帅、漕、常平司,以常平麦贷之。上行下效。一些地方官也积极致力于小麦推广,发布文告,苦口婆心,劝民种麦。

9月22日

"我闻淮南麦最多"

——南宋·戴复古

小麦传入中国以前,中国的长江流域在距今10000年以前就已进入以水稻为主的农耕阶段,黄河流域也在距今8000年以前发展了以种植粟、黍等旱地作物为特色的农耕文明。但是,作为舶来品,小麦很快便喧宾夺主。唐代中叶,小麦已凌驾于禾粟之上,成为仅次于水稻的第二大粮食作物。古来引进中国的物种很多,如胡豆、高粱、马铃薯、玉米、番薯、花生等,但小麦是最成功的一个,虽然也经历了漫长而曲折的过程。从最初的引进,经过数千年的发展,小麦在众多外来作物中,种植面积最大,食用人数最多,它在很大程度上改变了中国人的生产生活方式,乃至影响到整个中国历史的进程。

是什么原因推动小麦在中国的发展?是小麦的适应性,产量或品质?都是,又都不是。在小麦的发展过程中,自然因素起的作用最大。

比如:人口的流动促进了小麦在种植上的扩展。西晋永嘉年间(307—313年),北方少数民族军队进入中原,不堪战乱的汉族百姓纷纷南迁到江南地区,他们把小麦种植带到了江南,使小麦在江南地区得到了较大的发展。其中种植面积较大的建康(今南京)周围和京口(今扬州)、江陵(今汉口)之间以及会稽(今绍兴)、永嘉一带,也正是北方人南迁聚集的地区。唐代安史之乱和宋代靖康之变所引发的更大规模的人口南迁,更使小麦在南方的种植达到了高潮。南宋初年的南方各地"竟种春稼""不减淮北"。

比如:冬小麦的出现使小麦在中国大地上扎下了根。小麦传入中国北方之初,和原有的粟、黍等作物的栽培季节是一样的,即春种秋收。但在长期的生产实践中人们发现,小麦的抗寒能力强于粟而耐旱却不如。如在幼苗期间,小麦在温度低至零下 5 摄氏度时尚可生存。但在播种期间,如果雨水稀少,土中水分缺乏,易受风害和寒害,故需灌溉才能下种。中国北方地区,冬季气候寒冷,春季干旱多风。春播不利于小麦的发芽和生长,秋季是北方降水相对集中的季节,土壤的墒情较好。适应这样的自然环境,同时也解决了粟等原有作物由于春种秋收所引起的粮食供应上的青黄不接,于是有了秋种夏收的冬小麦。从文献记载来看,这一转变发生在春秋时期。春秋以前,以春麦为主;春秋以后,冬小麦崭露头角。至今,冬小麦的栽培面积约占全国小麦栽培面积的 83%。冬小麦的出现,是小麦适应中国风土所做的最大的改变,也是小麦在中国发展史上最具有历史意义的一步。

9月23日

今天,我一天的主食都是煎饼,它是用今年收获的小麦做成的,它的产地就是我每天散步、游荡的这片田野。这片平原上每年能生产多少小麦,我不知道这个数字,我想足够在这里劳动的人们一年吃的,他们将当年的小麦吃掉一部分,卖掉一部分,还有一部分作为种子被他们仔细地放好,用不多久,又用口袋背回来，精心地播种在原来的地方，等着它变成更多的小麦。

9 月 24 日

一到这个季节，我们就能看到用价格低廉的红纸写成的这样的标语："适时种足种好小麦！""坚决打好小麦生产这一仗！""精心播种、科学管理！"……它们有的是横幅，贴在路墙上、田野里的护林房上，有的是竖幅，贴在杨树光滑的树身上、电线杆上。这有多么多余。实际上，满田野的人，你随便拉出哪一个，都比那个贴标语的人和布置这件事情的人对小麦更有感情。他们时时刻刻都在注意着农时和墒情，精选良种，适时播种，他们一点也不敢马虎。为了种好小麦，他们把准备许多年的大事——盖房、娶亲都安排在小麦播种以后。只有种子落了地，他们才能够安下一颗心来。

一连几天，在这片田野上都晃动着侍弄土地的人，他们精心地耕地、调畦，为小麦整顿一个家，像布置新房似的，像收拾床铺似的。这样平展展光洁暄软的大地，让人一看就感觉到舒服。人们对待小麦是多么的好。他们对待玉米不是这个样子的。初夏的时候，小麦接近成熟，农人们就在麦垄里掘坑播下一行一行的玉米，任它抽芽生长。如果特别的干旱，那就等割过了麦子，下一场雨，再把玉米播种在闪着白花花麦茬的田地里。

鲁南这个地方实行两熟制，基本上是小麦与玉米轮作。也有麦棉或麦豆轮作的。在人们眼里，玉米是个泼辣皮实的小子，叫人省心，而小麦却让人格外费心，因为它是一个纤柔娇弱的丫头。既然是丫头，那么给她穿什么衣裳、扎什么辫子都要细心琢磨。天黑的时候，刮风的时候，下雨的时候，打雷的时候，天冷上冻的时候都要想到她。

9 月 25 日

在播种小麦的日子里，人们走路虎虎生风，说话大声大气，干活干净利落。在这段时间里，他们的精力似乎格外地好，极少生病，也没有听说谁在这样的时候突然倒下。他们是小麦养活的,小麦给了他们坚强的支撑。

9月26日

这场雨最终还是没有落下来。从前天开始,中央气象台就预报今后的两天里,华北大平原将有一次普遍降雨过程。市气象台也预报了本地区的雨情。这场雨如果落下,便是今年立秋以后邹城地区的第八场雨,第七场雨是在9月5日,小雨。在干燥的秋季里,20天不降雨是一件让人不好接受的事情。院中的一棵丁香树,虽然有自来水供它畅饮,但还是因为环境湿度太小,中午时分便蜷缩了叶子。城郊的杨树,叶子还未及变黄便纷纷凋落了。昨天到岗山上去,特别耐旱的景芝,在早晨就萎缩着叶片。

生活在这片土地上的农民,他们盼望着这场秋雨。田地里,畦田已经调好,就等着雨,就瞅着墒情。24日,小雨。勉强可称作雨,刚刚打湿地皮。25日,晴。这多么叫他们失望。好在还有时间,还可以再等一下。在这段时间里,他们可以忙活一下菜园,处理一下刚刚收进家的玉米、花生、大豆、芝麻。将玉米挂起来,把花生苫起来,把大豆芝麻储起来,然后再忙秋播。如果一直不下雨,那他们就得想办法洇灌秋地,种下他们活命的麦子。不过在他们生活的这块地方,这样的情况真是少而又少,所以他们还是充满希望地等待着。

9月27日

一场雨,有时候就决定了一茬庄稼的收成。

农民对一场及时雨的渴望,不谙农事的人怎么也不能理解。他们所知道和关心的只是下雨时出门要带雨伞、加衣服,雨后出来散步,呼吸新鲜的空气。而一个以种地为生的农民,他们对雨的焦渴和期盼无异于一株站在大地上的庄稼。

9月28日

这一刻,大地多么干净,多么空旷,多么安静。大地正在休眠。这是她一年中唯一的假日。我在这片茫茫大野上转了一个早上，只遇到了几个羊群。

一个老者，衣着破旧，他赶着一群洁白的羊。这群羊，也许就是他唯一的家当。同时也是他唯一的伙伴，唯一的温暖，唯一的希望。他在把这群羊往回赶。大概今天（或许每天）他起得很早，羊儿已经啃足了早晨带露的青草。他圈定了这群羊，再去忙其他的生计。羊们在回家的路上很不老实，不时就有几只调皮的羊离了群儿，伸着头迈进路旁的果园，好像果园里为它留着特别好吃的食物。老者并不呵斥它，只举起鞭子上前几步扬了扬，还没有走到那羊的跟前，羊就乖乖地缩回来又归了队，似乎这会儿它忽然明白了，纵然果园里有再肥美的吃物，也不属于它。

另一群比较多，放牧它们的是父女俩，它们静静地在一片收获后的地上吃着草。说静静的，是对这一群羊来说的，其实这个时候每只羊都在动着，一边吃草，一边慢慢挪动着步子，有的还抬起头来望一望。父女俩一个在这边，一个在那边，互相并不说话，他俩只对羊说话，嘀嘀嘀，嘀嘀嘀，像军官对士兵训话似的。

一小群青山羊被一个妇女看着在一个沟底觅草，妇女站在沟崖上，和一个收拾芝麻的中年男子说话。他们说话，不是像播种、收割、巡田时那样，声音琅琅的，很硬气，很爽气，很兴奋的样子，现在声音是轻轻的、软软的，像试探着在商量什么事情似的。他们是怕惊扰大地的甜梦。

草丛里秋虫的叫声很衰微，唧唧唧，唧唧唧，好像没有似的。不仔细听，就没有了。驮着几块黑白花斑的喜鹊，不知在杨树上忙着什么事情，有人经过的时候，以为是侵略它，弹弄一下枝条就飞走了，一边飞一边嘎嘎地叫两声，那声音像金属的撞击声，很有钢性，很清亮。

用不几天，就要播种了。

9月29日

回老家望云村。望云村的秋耕秋种，在速度上比城郊要迟缓一些，城郊的麦地现在已全部调好了畦，只等播种了，望云的秋播准备工作才刚刚接近尾声,整个田野都是一些忙碌的人。几年以来,耕、播、收都是机械化了。今年,在望云村,耕是每亩 30 元,播是每亩 10 元。我在望云村生活到 26 岁。记忆中这里很早就实行了机耕,但直到我离开这里的时候,播和收都还是要动用人力。播是人拉(或畜力)耩子,一般地先"豁力量"(施化肥或豆饼等肥料),这是一遍。接着在原来的趟子上播麦种,一共是两遍。这绝对是一种苦力。在暄软的土地上空身走一趟,消耗也很大,再掮着一根绳子拖着一架耩子,耩上个一天两天,怕是没有不腰酸腿软的。割麦子是用镰刀。割麦得忍受热、累和麦芒的扎戳,是一年中最紧张最辛苦的活儿。离开家乡,实际上最真实的目的就是为了脱离类似的劳动,但仔细想来,抵达城市又是这样的劳动所作的代价,潜意识地却又对这样的劳动滋生了感情。因此,在离开家乡的四五年中,每年我都在麦收时节回家割上一天麦子。割了一天麦子,这样心里才能踏实,才能安稳。遗憾的是,这样割麦子的机会以后怕是没有了。

家里人说,再过两三天,就该播种了。

9 月 30 日

高中毕业那年,正赶上实行承包责任制。父母的心劲儿很足。地是带着即将成熟的玉米分到各家各户的,玉米还是生产队种的,长的很不好。玉米掰完了,父母发誓把小麦种好,来年好有个好收成。地是拖拉机耕起来的,拖拉机把地耕完就走了,没有时间给每家耙好,因为当时整个村就一台拖拉机。耙是各家自己的事。地晾了一天,我们就当牛做马拉着铁耙耙地,一遍,两遍,三遍,直到把上面的土坷垃耙碎。耙完地为了赶墒接着播种,也是人力,五六个人拖着一只木耩在地上又蠕动了三五天。饭是在地头吃的。接近饭时,母亲拍拍手上的土,回家做饭,然后将汤菜挑到地里。那时候,我是多么盼望有一件事来临,叫我能够回村里一趟,好把漫长的时间消磨掉。有时拉耩子的绳断了,父亲放下手中的活,甩着手回村里找绳子,回来的时候,他提来一把茶壶,又开始劳作。我就想,他一准坐在院子里,摇着蒲扇,消消停停地喝了半天茶,要不怎么费了这么多的时间。

我们没有理由回村。我们的唯一选择就是拉耧子。

这是我生活的真正起点。但,它也是终点吗?

后来,我的文字写得远比我干的农活漂亮,于是,我变换了自己的劳动姿势,我有理由越来越多地回避肉体的劳动,直到完全脱离。

凭心而论,在家乡的土地上,我没有出透力。在家乡的麦田里,我付出的汗水不是很多,在我进城之后,接过母亲递给我的用花布包袱裹起的麦子煎饼我都有些羞愧。所以,我当用更多更美的文字抒写小麦,为养活我们的小麦矗起一座金子般的纪念碑。

10月1日

国庆节。雨。整个大平原上都下了雨,是细密、缠绵的标准的秋雨。雨后的大地该是多么滋润。在被雨水滋润的大地上播种该是多么令人欣悦。

10月2日

播种开始了。这是我在邹城看到播种小麦的第一天。这一天,天晴,北风2~3级,温度16℃~21℃。我在邹城近郊千亩田野上看到12处播种小麦的地方,12处都是人拉耧子,耧子多数是铁制的,结实、小巧,只近距离地看见一架木质的耧子,古朴、陈旧。这是下午,他们大约已经播种了一天,袋子里的麦种只剩下那么一小截,放在三轮车的后箱里。他们的孩子在地头上玩耍、打闹、啼哭,返回的时候,他们哄劝一下,接着耧种。他们的上衣被汗水浸湿半截,有的被人替下来坐在地头上歇息。我从田野上返回城里是18点10分。这个时候,太阳已经落下,暮色四合,远处的树丛中已经升起雾岚,月芽儿散射出黄色辉光,城市的高楼上亮起一两盏灯,公路上,汽车开始依赖车灯走路。播种的人们还在田野里,他们要一直劳动到眼睛再也看不见东西。他们的家中大概正挂着一把铁锁,他们摸着黑弹开它们,放下农具,准备晚饭,恐怕直到很晚他们才能够休息……

10月3日

晴,南风 2~3 级,温度 15℃~25℃,5 厘米地温 20℃,10 厘米地温 21℃,继续播种。今天下午,我在田野上见到 14 处播种的人群,14 架耩子,其中 12 架由人拖,两架为畜力。

10月4日

离天黑还有一个小时(17:10)的时候,我从家里出来到田野里去,看到 19 架耩子在播种小麦。在遥望第 19 架耩子的时候,那架耩子和拉着它的人群都已经看不清楚了。走在回来的路上,田野里的风已经透出凉意。

10月5日

据地方史志资料显示,邹城市 50 年代播种小麦品种是凫山截芒、徐州 438、碧码 4 号;60 年代是蛐子麦、济南 2 号、黄县大粒半芒、北京 2411;70 年代是泰山 5 号、阿夫麦、跃进 5 号、太农 153、平原 50、钱交麦;80 年代是鲁麦 1 号、鲁麦 5 号、泰山 11 号、2411、114427、济宁 3 号;90 年代是鲁麦 7 号、鲁麦 8 号、济宁 12 号、济宁 13 号、莱州 137 号、稳千 1 号、PD9401;21 世纪初是济麦 20 号、济麦 17 号、济麦 22 号、潍麦 8 号、泰山 23 号、泰农 18 号、淄麦 12 号……将来,还会有更多更新的小麦品种问世。

看得出,人们在不断地驯化改良小麦品种,以达到抗病虫、抗干旱、抗盐碱、抗倒伏、高产稳产的目的。为了培植一个新品种,不知花费了多少代价。记得早先每个村里都有试验田,就是将上级指定的各种作物种子先在试验田里试种,待成功之后再向全村推广。

据报道,山东省济阳县示范推广的"航天 1 号"超级太空小麦喜获丰收,平均亩产 550 公斤,个别地块达 700 公斤。"航天 1 号"小麦是山东省农业科学院原子能农业应用研究所利用一般小麦和美国小麦杂交行成的新品系,然后,通过返回式卫星携带进入太空,利用超重、强辐射原理对其基因进行诱变。再经过连续七代稳定性试种，通过优中选优培育而成的，具有高产、多抗、广适、优质、高效等显著优点。

另据报道，一种富含铁锌的小麦新品种——"血麦"已经培育成功并广泛推广，而高产高营养的"太空血麦"也在紧张研究试验之中。

"血麦"是"秦黑1号"的别称，它是西北农林科技大学、杨凌益康农作物开发研究所何一哲副研究员利用新发现的野生紫粒小麦孒遗种质资源育成的高铁锌特异质小麦新种质，并于2009年6月获得了国家发明专利。

"太空血麦"是"血麦"种子经太空搭载，利用高真空、微重力、强辐射、交变磁场、大温差等空间特有条件进行航天诱变，再经地面人工选育，在株高、茎粗、株型、抗倒性、成熟期、穗形、粒形、粒色等农艺性状方面发生变异的优株、优质，在基本维持原有高铁锌营养指标的基础上，选育产量和品质等农艺性状显著超过原"血麦"种子的高产营养新品种。

目前我国仍有许多经济落后地区，那里的贫困人群购买力低下，长期饮食结构单一，造成维生素和矿物营养素缺乏，使得人口的智力低下，体力发育不全，这种现象被称为隐性饥饿。如何解决隐性饥饿？长期从事分子遗传学和农业分子生物技术科研工作的中国工程院院士范云六女士说："实践证明，生物强化是一条比较经济而有效的途径。所谓生物强化就是通过育种提高农作物中能被人体吸收利用的微量营养元素的含量，减少和预防全球性的尤其是发展中国家贫困人口普遍存在的人体营养不良和微量营养缺乏问题。国际上有实验证明，生物强化是防治和改善人群微量营养元素缺乏及其相关疾病发生的比较简便、经济、有效的途径。"

"太空血麦"富含微量元素铁、锌、钠、镁、钾、磷等，并含有多种人体必需的营养物质。且"太空血麦"生产简单，一旦育成，只需直接替代原有品种，可迅速推广。在崇尚自然食品的今天，隐性饥饿患者可从天然食物的正常饮食过程中获取所需的营养，既方便又安全。

转基因小麦的问世，即将引发新一轮农业绿色革命。

1992年，美国佛罗里达大学的专家利用基因枪法将抗除草剂的bar基因导入了小麦,并建立了基因枪法转化小麦的技术体系,获得第一株转基因小麦,成为小麦转基因工作的里程碑。截至目前,美国研制成功的第一例抗草甘磷除草剂转基因小麦已经通过安全性试验。抗草甘磷转基因小麦、抗咪唑啉酮转基因小麦、高蛋白转基因小麦、抗虫和耐镇草宁除草剂转基因小麦、抗小麦黄花叶病毒转基因小麦,以及抗白粉病、赤霉病和黄矮病的转基因小麦正在田间释放。

转基因技术一方面可以解决由人口增长带来的粮食危机,提高有限土地资源的利用率,实现农业可持续发展。同时对农民来说,可以提高对虫害、病害以及杂草的控制,节省劳力,提高产量,降低成本,增加收入。而以绿色和平组织等许多机构为代表的反对派对转基因小麦提出质疑,对其潜在危险表示担忧。目前转入的基因以抗除草剂的为多,其次是抗虫、抗病毒以及抗逆的功能基因等。当这些基因通过基因流逐渐在野生种群中定居后,就使得作物的野生亲缘种具有了选择优势的潜在可能。通过花粉的传播与受精,某些基因(主要是抗除草剂基因)飘入野生近缘种或近缘杂草就产生难以控制的"超级杂草"。由于超级杂草可产生严重的经济和生态上的恶果,因而转基因作物可能转变为杂草便成为最主要的风险之一。同时,转基因植物具备了抗病、虫、除草剂的特性,对害虫产生毒害使其死亡,也可能会对环境中的有益生物产生影响,甚至使其致死。环境主义者还认为,转基因植物作为一个外来品种,会通过改变物种间的竞争关系,破坏原有的自然生态平衡,对生物多样性构成威胁。

10月6日

早播的小麦已经拱出了幼苗,柔嫩、细弱。看着它们,你会想,它们怎么迎接即将来临的寒风和霜冻,怎么度过漫长的冬夜? 但就是它们,这些柔弱的绿苗,一步一步越过冬天,走进五月。

10月7日

提起小麦,我想起我认识的其他两种叫麦的植物——莜麦和荞麦。我是先吃了用它们做成的食物然后才见到它们的。它们和小麦生长的季节都不一样。

那年，我在河北张家口开一个报纸副刊会议，会上说："晚上吃莜面。"什么是莜面呢？莜面就是用当地的莜麦做成的面食。晚饭的时候，我们桌上端上来一盆莜面，是发酵后又蒸熟的，是做成纸页型而后又按压成花絮状的，用筷子夹起来非常漂亮。它看起来有点粗、略黑，吃起来较为松软，味道不是特别明显，底子里有淡淡的小麦香味，这大概是我们加了过多佐料的缘故。第二天，我们从张家口到内蒙的锡林浩特，走到张北县，就见到了正在生长着的莜麦，好像正是灌浆时节，模样近似小麦，不过棵矮，穗小，产量较低。

认识荞麦是在去年，去年秋天，我去太行山中的和顺县采风，当晚，我们一行在和顺宾馆就餐，主食是荞麦面条，有苦荞和甜荞两种，面发黄，上面有密密麻麻的黑点儿。当地人告诉我们，苦荞味微苦，能防治糖尿病云云，我当时吃了一小碗苦荞面，并未吃出什么苦味，倒似乎有点淡淡的土味。从和顺回来的时候，当地的朋友送我们每人一箱苦荞面。今年，朋友王次勇到和顺去，又给我捎来一箱，这一箱差不多又吃完了，不过我一直没有吃出它的苦味来。荞麦这种植物，我不知道什么时候种植它，小麦播种的时候，它刚好抵近成熟。今天，我在一个沟崖上就发现一丛荞麦，正顶着一片白色的花朵，花朵后面的棱状果实正逐渐变得饱满、干硬。

小麦的远亲近邻还有大麦、元麦、燕麦、黑麦。大麦我见过，没有吃过它，只喝过用它作原料酿造的啤酒。元麦、燕麦和黑麦，我既没有见过，也没有吃过。

10 月 8 日

大雷雨，下在凌晨。是时，雷如吼，雨如注，触摸床灯，电已停了。天明时，雨住了，天仍然阴着，细小的雨丝飘下来，似雾。地里的麦子，这时候有的刚刚冒出嫩芽，有的即将拱出地皮。大自然对每一个刚刚降临的生命都不温柔、不怜惜。

10月10日

动手写这篇日记的时候，是打算着每日到田野里去探望小麦的。这几天，天气不好，一直阴着，似下非下，或偶有雨丝扯着，就没有去。令自己吃惊的是，虽然每天吃着用小麦制作的食物，然而有时却忘了它，就像时时忘记了我们赖以生存的阳光和空气，就像鱼儿忘记了水。农民不是这样的，我说的是小麦真正的主人。他们做着某一件事情的时候，虽然这件事情与小麦无关，他们的心里也会想着地里的麦子，他们外出的时候，也是这样。他们非常清楚地知道这个时候麦子该有多高了，它旱不旱以及旱的程度，缺不缺肥以及施肥的最佳时间，麦地里的哪一种野草长起来了，该怎么去除它……他们绝不会很长时间不去麦地看一看。

10月11日

"今兹美禾，来兹美麦"

——《吕氏春秋·任地》

去济宁。一路上满目都是新出的麦苗的鲜绿，像刚刚贴着地皮割过的韭菜，也像沧桑老人下巴上坚硬的胡茬。邹城这个地方，在华北平原的东部，从邹城到济宁去，是一步步的在向着大平原的深处走。倘若是四五月里，走在这条路上，便会看到涌动的麦浪，青绿或者金黄。

……那年，小麦将熟季节，我们从邹城出发去湖北的宜昌，走的是这样的一条路线：邹城—济宁—商丘—柘城—漯河—驻马店—信阳—孝感—宜昌。第一天，我们在信阳吃晚饭，宿孝感。这个第一天，让我大为感动。这一天，我们横穿了整个大平原。这一天，我们都行走在中州大地上。路宽宽的，平展展的，车辆并不多，路两边都是麦海，目之所及的地方都有梧桐树。当时麦子是在青转黄的阶段，它们正在每时每刻吸储着阳光。我想，不定哪个时候，麦子吸储了足够多的阳光，这看不到边的麦子一下子就黄了。这一天，我差不多一眼不眨地看着路边的麦子，一天都没有感觉到累。

10月22日

　　这周去黄土高原采风,从大平原上走了两趟。去时是从邹城经济南到邢台,然后开始上太行,上去太行就是黄土高坡了。回时下了太行来到平原西部的石家庄,从石家庄经济南回邹城。两次横穿华北大平原。走这两条路线都需要半天时间。我本来是想好好看看大平原上刚刚萌生的小麦的,看看那一望无际的绿,像几年前在中州大地上走在麦海里一样。这次却多少叫我有些失望。小麦是看到了,一方方一垄垄,一片片嫩绿。只是,很多地方小麦却连不成大片,它们被其他的作物分离了——高秆的苗木,矮棵的蔬菜,平原西部则多种植棉花。这个时候如果看不到满目的青绿,明年准见不到无边的金黄,见不到麦收季节大家忙碌在麦地里的场景。那个时候,每一条路上都行走着装载小麦的车辆,人们急匆匆的,喜洋洋的。每个村头都有打麦场,都有吆喝声、欢笑声或者打闹声。麦季过后,村边留下几十座麦垛,麦垛慢慢地变矮、变小、变旧,慢慢地消失,却又像蘑菇一样齐齐地长出,成为村庄的一道风景、一个标志、一种象征……这些恐怕都成了过去。

　　人们如果不是整天整天地活动在麦地里,如果小麦将不是人们唯一的伴侣,如果弥漫在大平原上的麦香减弱甚或消失……我想,这大平原上的许多事情定然要发生嬗变。

10月27日

　　昨夜刚刚下过一场小雨,地里满目鲜绿,如刚刚从睡梦中醒来的清亮的童眸。

10月28日

　　这丛麦子是我偶然发现的,它们长在沟崖上,远离它们的大家族。这大约是人们播种的时候在这里整理耩子,从耩子里面遗漏下的一撮种子。或者,在耩完这块地的时候,人们抖落口袋,从袋中撒落下一片麦粒……总之,丢下麦种的人早已忘记了它们，也可以说，当时就没有留意到它们。然而这丛麦子却长得油绿、苗壮。这惹人注视的麦子，它们该有怎样的结局？它们会在下雪之前或者明年春天返青之后被觅食的羊啃掉吗？如果不能，它们将随同大野的小麦一起返青、拔节、灌浆，长出饱满的果实。而在这样的时候，又可能被来田野觅趣的年轻人顺手掐下来，合起双手一搓，吹走麦壳，将青绿色的果实送进嘴里，品咂早麦的清香。如果它们有幸避开这场劫难，那么它们就会在阳光下慢慢成熟，然后，在夏日的某个正午，纷纷爆裂开干硬的壳皮，将籽粒撒落到地上……随后，再萌发一片新绿。不可能有人专门收获它们。它们是一群没有户口的孩子。

11月7日

这几天去西安旅行。这是一次让我欣悦的旅行，我把它叫做"麦田之旅"，因为这次旅行始终行走在麦地里。去和回，铁路两旁，满目都是青绿的麦苗。我想，在中国，这大约是小麦东西延伸最长的一条线了。我只想在小麦生长着的时候，在这条路上多走几趟，不知道我有没有这样的机会。

今日立冬。

11月10日

> 今年麦子雪里睡，
>
> 明年枕着馒头睡。
>
> 雪在田，麦在仓。
>
> 冬无雪，麦不结。

　　　　　　　　　　　　　　——农谚

下雪了。节令还没到小雪，开始我没有想到这场雪会大起来，只以为这是一场零星小雪。雪慢慢地就大起来，雪片大了、密了，在北风中翻卷、碰撞、狂舞，这样一直下了一个上午，终成一场大雪，只是地面上温度尚高，没有存下积雪。

我不知道,是哪一株幸福的麦子伸出叶片承接了今年的第一片雪花。我也不知道,麦海里每增加一片雪花,对于麦子是一种什么样的感觉,会发生怎么样的变化。今天的温度是0℃~6℃。

11月11日

原来我一直以为零度是一个界限,在这个临界点,大自然的一切总要发生什么变化,动物和植物会改变它们的生存状态。譬如许多植物,该在零度的时候决定生死、荣枯,至少在这个时候不少植物会脱落叶片或者改变颜色。而动物则会在这个时候考虑是否停止觅食,钻进洞穴,慢慢地吞噬秋季囤积的吃物,或者开始冬眠。大雁动身南徙……今天最低温度是零下2℃,已经结冰了。我想起地里的麦子,想知道麦子在零下的时候是个什么模样,还那么绿吗?就走到田野里。

田野的麦子依然如前几日那么绿着,叫我非常高兴。其实旁边地里的白菜、菠菜、油菜、芹菜、韭菜、雪里蕻、胡萝卜、大葱、萝卜、芫荽都还是绿着的。小径边的草和野菜也绿着,叶片依然肥大、厚实,很苗壮很旺盛的样子。有的叶片边缘被霜染成了红色或紫色,这越发让人觉得它的生命力的强旺,就像人生中的壮年。道旁几蓬眉豆,叶片已有些萎缩,茎的顶端却还顶着几朵白色的花瓣。几株蝎子草长得尚好,擎着一片红黄相间的花,在初冬季节温暖着行人的眼。只有水边的芦苇摇着满头白发,在风中舞蹈……

我这才知道,其实零度这个概念,只能标志水从液体到固体的形态的改变,而再也不能代表其他的什么。

从现在开始,小麦就要在零度以下的环境中生活了,这样的日子大约要持续100天。

11月12日

小麦在天冷之前已经完成了分蘖,今天到麦地里去,拔起几株麦子,发现它们全由单株分蘖成 3~6 株,同时它的根也往深里扎,往四周扩,形成了一个庞大的根系,其体积不小于地上的麦棵。我想,小麦只有分蘖以后才算长成了一棵小麦,小麦只有分蘖以后才能够抵挡风雨、严寒及其他的一些伤害。

11 月 18 日

小麦依然绿着,非常精神,印象中冬天的小麦只是到了深冬颜色才开始变暗、变为深绿。我掐下一片叶子,叶片里饱含汁液,浆汁将手指染绿。小麦在冬天里似乎并不生长。它一个冬天都不生长,那么它为什么还要经过这么一个漫长的季节?它真的一个冬天都不生长吗?

12 月 15 日

所有的树木都褪下了叶子,户外再也找不见一丝绿色,只有麦子在村外擎着绿叶,它们是大地的醒着的灵魂。

12 月 16 日

祖国中医学认为:逢黑必补。

黑米、紫糯、黑豆、黑花生、黑芝麻、黑木耳、黑枣、乌鸡、甲鱼、黑蚂蚁……都具有丰富的营养和独特的疗效。

那么,黑小麦有什么食疗价值呢?

黑小麦营养价值高:蛋白质含量 17.1%,比普通小麦高出近一倍;氨基酸含量总和超过普通小麦 80%~90%;氨基酸组成齐全、平衡程度高:富含人体必需的八种氨基酸:苏氨酸、赖氨酸、苯丙氨普酸、异亮氨酸、色氨酸、亮氨酸、蛋氨酸、缬氨酸、(普通小麦没有色氨酸)。微量元素全:1. 高钙:含量 800 mg/kg 左右,比普通小麦高约 130%。2. 高铁:含量 70 mg/kg 左右,比普通小麦高约 80%。3. 高碘:含量 800 mg/kg 左右,普通小麦没有。4. 富铬:含量 1.39 mg/kg 左右,比普通小麦高约 132%。所以,它又有"蛋白麦""补钙麦""防癌麦"等美称。

黑小麦的代表品种是"黑小麦76"。它是由被誉为"黑小麦之父"的育种专家孙善澄培育而成的。

说起孙善澄研究黑小麦的渊源,颇值得回味。一天,他正在试验田里观察小麦的生长情况,突然发现其中有一株神奇的黑籽粒小麦,它的胚乳是透明角质模样,在阳光下晶莹剔透,很是美丽。这株极易被人一视而过的植物引发了他极大的兴趣。他对这株小麦进行了检验分析,结果显示,黑籽粒小麦蛋白质含量非常高。这使他想起了老中医叔父常说的"逢黑必补"的医道。在三年自然灾害时期,他曾做过一个梦,设想培育出一种高营养的小麦,让人们吃一斤能顶两、三斤,看来,这株小小的植物要圆他的这个梦了。

他应用遗传学原理和生物工程技术,经过连续定向选育,一个被命名为"黑小麦76"的新品种终于历经艰辛问世了。孙善澄家中有两个姑娘,他深情地称黑小麦是他的第三个姑娘,他的"黑姑娘"。

从第一代开始,他就利用广西、山西之间的气候差异,来往于南北之间,加速育种,以缩短育种年限。后来他又扩展到云南、黑龙江进行育种。接连几年,他都没有在家过春节。辛勤的劳动换来收获的果实。他最终将"黑小麦76"培育成了无论在南方还是北方,水田还是旱地都能生长的优良品种,成为闻名全国的"中华第一麦"。

孙善澄,1928年生人,研究员。早年先后就读于江苏农学院、东北农学院,从事小麦与天蓝偃麦草远缘杂交,旨在挖掘对小麦育种有用的特殊抗性与超优基因,历时47年。主要成果有:1. 在国际上首创了中4、中5等小麦属内没有的黄矮病新抗源,已被国内外主要育种单位应用。2. 首次将抗黄矮病性转移给普通小麦,育成抗(耐)黄矮病的龙麦10号品种,已被加拿大魁北克国家黄矮病鉴定中心列为抗病对照。3. 应用小偃麦远缘杂交与生物技术结合,首次育成超优黑粒小麦76新品种,并已形成"科技——企业——基地——农民"的产销一体化经营模式,促使农业科技成果产业化。4. 主持育成小偃麦新品种10个,累计推广8千多万亩,增产小麦13亿4千余万公斤。

孙善澄先后获国家科技二等奖一项,国家技术发明奖三项。撰写发明相关论著 100 余篇部,出版译著七部。2001 年获何梁何利奖。

12月17日

彩色小麦是著名小麦育种专家、被誉为"彩色小麦之父"的周中普用"宛原50-2"矮源小麦与冰草、赖草、偃麦草等野生资源远缘杂交,采用独特的突变育种方法精心培育、系统选育于 2000 年培育成功的, 因此也被称为中普彩色小麦。彩色小麦有黑色、绿色、蓝色、紫色、咖啡色、淡红色等多个品系。2003 年 11月,应我国太空育种中心的邀请,经过反复筛选的 10 粒中普彩色小麦种子搭载我国返回卫星又进行了太空育种。种子在太空综合射线全方位辐射和高真空、低地磁的作用下,更容易引起内部基因突变,创造出前所未有的新基因,从而选育出优良的作物新品种。2005 年 11 月 1 日,农业部正式授予河南中普麦业科技有限公司两个彩色小麦品种——"中普黑麦 1 号"和"中普绿麦 1 号"新品种权。

经农业部农产品质量监督检验测试中心检测:彩色小麦不仅蛋白质、赖氨酸含量非常高,微量元素铁、锌、硒、碘等含量也极为丰富,甚至超过牛奶和全脂奶粉。并且这些微量元素都是彩色小麦从土壤中富集而来的有机物,不仅比强化的营养元素更宜于人体吸收,利用率高,还安全可靠。

另据生物学家研究:彩色小麦种皮和面粉的天然色素是花色苷类物质,含量高于普通小麦数倍。这种花色苷类物质具有消除体内自由基、提高机体免疫力、抑制癌细胞生长和改善心肌营养等重要作用。彩麦胚芽的蛋白质营养价值很高。彩麦胚芽中含有丰富的亚油酸,坚持食用,可以增强记忆力,解除疲劳,对心脏、神经、皮肤和血管疾病有辅助疗效。且其含有的甘八碳醇对人体具有众多的生理活性,既抗衰老、减缓器官老化和色素沉着,还可增强体力和耐力,因此,它也是一种理想的美容、保健功能食品。

目前,彩色小麦正在中原大地大面积种植。以彩色小麦为原料,采用传统工艺和现代工艺加工的彩色小麦食品也已面市,有绿小麦饺子粉、黑麦米、彩色小麦挂面等。

周中普是河南省南阳市农科所研究员,全国农业劳动模范,"五一"金质奖章获得者。他四十年如一日,坚持育种工作,培育出宛原50-2、原288、南阳756、宛7107、宛7109等小麦品种,其中"宛7107"小麦名列全国六大品种之一,在豫西南地区种植长达18年。"宛原50-2"新矮源基因被中国农科院组织的专家确定为世界首创。

12月31日

这是我收藏的一份"有纪念意义"的报纸——2000年12月31日《齐鲁晚报》。第24版整版刊载新华社评出的"20世纪世界十件大事",它们是:(1)物理学革命。(2)第一次世界大战。(3)俄国十月革命。(4)三十年代资本主义经济大危机。(5)第二次世界大战。(6)计算机诞生。(7)中华人民共和国诞生。(8)民族解放运动。(9)中国实行改革开放。(10)东欧巨变,苏联解体。这些大事情,有的从此揭开人类发展的新篇章,有的就是地地道道的大灾难。有一点可以肯定的是,这些人类活动,是人们吃着小麦完成的。人们是吃着这种叫做小麦的植物磕磕绊绊从历史中走来,又迈着大步走向明天,走向不可知的未来。翻阅世纪末的几份国内大报,最抢眼的即是什么"世纪回眸""回眸百年""20世纪之最"等等,这些报纸不惜版面甚至纷纷扩版,全面详实地报道人类百年来在军事、医学、文化、体育等等领域取得的巨大成就。但是,没有一个报纸或杂志介绍20世纪对人类的生存和发展做出最大贡献的植物,人类依赖最大的植物。这种植物是什么? 它不是杨树榆树,不是菠菜芹菜,不是菊花梅花,不是星星草车前草,它当然就是小麦。

1月1日

今天是元旦,是一年的开端。这是人类的一个节日。今天到麦地里走一走,小麦在这个冬天的普普通通的时刻沉静、安祥。已经进入腊月,但气温似乎还没有抵达寒冬，今天的温度是-2℃~6℃，这是一个暖冬。

小麦是不是也有一个节日，也有一个对它来说比较关键比较深刻的标志性的坎儿？它的节日当然不会与人类的节日有丝毫的吻合。它的节日应该是什么？比如一场雨、一场露、一场雪、一场春风，是不是它的节日？比如立春、惊蛰、谷雨等农时的来临是否会使它的生长产生质的变化？从它整个家族的发展史上来说，地球变暖、环境污染又会使它产生什么根本性的改变？我总觉得，人们应该好好地研究这些，就像关注我们生存必需的空气、水和阳光。

1月2日

诺曼·E·勃劳格。

美国著名植物病理学家。1914年出生于美国艾奥瓦洲的一个农场。1937年、1940年、1942年分获美国明尼苏达大学学士、硕士、博士学位。国际玉米小麦改良中心资深顾问。美国科学院院士，原苏联、印度等国家科学院外籍院士，中国工程院外籍院士。

主要成就：上世纪40至50年代，在墨西哥成功培育出了丰产、抗锈小麦品种，使墨西哥小麦生产稳定发展，实现自足并有结余，并在世界范围内推广了这一技术，特别是亚洲、中东和非洲等发展中国家获益最大。20世纪60年代，他培育成功的抗病、耐肥、高产、适应性广的半矮秆小麦产量得到大幅度提高，被世人誉为"绿色革命之父"。上世纪五六十年代，是人口大爆炸的时代，急剧增长的人口，使全球农业系统越来越力不从心，人口的迅猛增加，使全球大饥荒如大敌当前。由于勃劳格所倡导的绿色革命，从1960年至1990年，世界粮食产量翻了一倍多，特别是两个南亚国家巴基斯坦和印度，几十年间，粮食产量翻了四倍，极大地减少了两国的饥饿人口。据估算，勃劳格的工作直接挽救10亿人口免于饿死。

由于勃劳格的突出贡献，他在1970年获诺贝尔和平奖。当时的诺贝尔和平奖给他的评语是："比起和他同时代的人来，他已经在帮助世界与饥饿作战。"

2009 年 9 月 12 日深夜 11 点,因罹患癌症,这位被人们称为"养活整个世界的人"静静地走完了他的人生旅程,在家中合上了双眼,享年 95 岁。

这是上苍赐给人类的最饱满的一枚麦穗。看,在太阳下,它黄灿灿的,亮莹莹的……

1 月 11 日

小麦有毒?

元代养生学家,寿星(活了 106 岁)贾铭在其《饮食须知》第二卷第十二节中写道:北方小麦白天开花,没有毒;南方小麦夜里开花,有微毒。所以,南方小麦磨成的面粉是不能长期吃的,否则日积月累,脸颊会发青,眉毛会脱落,就像喝了慢性毒药一样。

唐代名医、药王孙思邈在其《千金食治》里也记载面食(小麦面粉)有毒。他说:不但南方面食有毒,北方面食也有毒。他曾亲眼见到许多常吃面食的山西人和陕西人小腹发胀,头发脱落,最后在痛苦中死去。

同类记载还有——

唐代名医孟诜在其《食疗本草》里记载面食有毒。

北宋方勺在其《泊宅编》里记载面食有毒。

南宋温革在其《琐碎录》里记载面食有毒。

明代美食家高濂在其《遵生八笺》里写道:小麦味甘,性凉,无毒。但磨成的面粉却有微毒,不能常吃,更不能配猪羊肉同吃,否则会脱发、长疝气,小便阻塞,很危险。

清代名医王士雄在其《随息居饮食谱》第二卷第八节写道:面食是有毒的,不能吃,谁要是吃了,必定得病。轻则感冒拉稀、染上脚气,重则肝胆肿胀、肠胃溃疡。

研究者分析:由于最初人们食麦采取"粒食",在初次接触面食时,可能会因为体内缺少小麦淀粉消化酶,因而出现消化不良等不适症状,古人将这种症状称为麦毒。特别是南方,由于霜雪少,种出来的小麦毒性更大,"作面多食,则中其毒"。古人还认为,麦毒存在于面粉之中,而不在于麦麸,相反麦麸对于麦毒还有中和作用。唐本草学家陈藏器云:"小麦秋种夏熟,受四时气足,自然兼有寒温,面热麸冷宜其然也。"热性的面是致毒的根源,而冷性的麦麸正好与之相反相成。唐时还有一种解释是,面有毒是因为"磨中石末在内,所以有毒,但杵食之即良。"

唐朝以后,面食的普及改变了人们的观念。有毒论被有益论所代替,唐《新修本草》明确指出:"小麦,味甘,微寒,无毒。"宋人苏颂有言:"麦秋种冬长,春秀夏实,具四时中和之气,故为五谷之贵。"

1月12日

大约在每 200 人中就会有一人由于对小麦过敏而患上乳糜泻。医学研究显示:患者一旦发生乳糜泻,其死亡率将会增加一倍。这种危险性对于那些未能早期确诊或未能很好地坚持无麸质(小麦或其他谷物中所含的蛋白质)饮食的患者尤为严重。

乳糜泻,又被称为口炎性腹泻,是一种遗传性肠道疾病,它是由于患者对麸质感觉迟钝而造成的腹泻和体重下降。该病患者常常会发展为肠癌,死亡率较高。意大利——米兰比可卡大学的研究人员对 1962 年到 1994 年间被确诊为乳糜泻的 1072 名患者进行了研究,发现有 53 名患者死亡,大大高于在一般人群中预期死亡数为 26 人的数字。研究人员认为:诊断延迟、未能很好的坚持治疗和症状严重是患者预后欠佳的危险因素。

1月20日

将小麦浸泡,让其发芽到三四厘米长,取其芽切碎,再将糯米洗净,倒进锅中焖熟并与切碎的麦芽搅拌均匀,发酵 3~4 小时,直至转化出汁液。而后滤出汁液用大火煎熬成糊状,冷却后即成琥珀状糖块。食用时将其加热,再用两根木棒搅出，如拉面般将糖块拉至银白色。这就是麦芽糖了。

在鲁南民间，春节前有制作麦芽糖的习惯。腊月二十三过小年，这天晚上，家家祭灶王，从一擦黑鞭炮就响起来，随着炮声把灶王的纸像焚化，美其名曰送灶王爷上天。传说用麦芽糖粘住灶王的嘴，他到了天上就不会向玉皇报告家庭中的坏事了。他才能"上天言好事，回宫降吉祥。"于是，在"小年"之前，每家都早已把麦芽糖做好了。

这种属于老百姓的民间小吃在食用价值之余，亦有其食疗功效。他性温味甘，与水溶解后会化作葡萄糖，作为医学上的营养料，可用作养颜、补脾益气、润肺止咳、缓急止痛、滋润内脏、开胃除烦、通便秘等，主治脾胃虚弱、气短乏力、纳食减少、虚寒腹痛、肺燥咳嗽、干咳少痰、咽痛。

1月24日

春节。大雪。拜年。过年好！祝新年愉快……我不会因为过年就能够卸去心中的沉重而变得轻松快活起来。我想，这是我过的一个真实的春节了。昨夜一场大雪，一地银白，我只是想，田野里的大雪是否将小麦严严实实地盖住了。下午我就出去看看它们。

2月2日

连日来，人们沉浸在年的气氛里。年的气氛有哪些表征呢？有鲜红耀眼的春联，有噼啪炸响的鞭炮，有满街弥漫的柏香，有一股股飘荡着的炸菜及肉类的浓烈的香味。还有，进一户人家的堂屋，北墙案几上摆放着的先祖牌位和供品。供品计五色——酥肉、酥鸡、酥鱼、馒头、水果不等，有洗得洁净碧绿的整棵菠菜点缀其上，麦制品是年年都少不了的。小麦啊，今生今世我们以你为食，来生来世也离不开你啊。

2月3日

上午读贾平凹发在《大家》上的散文《三月八日在断电的宾馆里吃茶》,文中写到假如这个世界上突然就没有了电,彻底地、永远地没有了电,这个世界会是个什么样子,人的生活该有怎样的改变。改变当然会非常大,非常痛苦!

下午在麦地里散步,我也突发奇想:假如世界上突然没有了麦子,占地球上很大比例的人会以什么为主食?玉米还是土豆?还是大地上会新生出一种更合适的植物来代替它?彻底地没有了小麦,这是否会慢慢地改变人体的成分,进而改变人的思维和性格?进而使这个世界发生重大的改变?

2月4日

中国历史上著名的农民起义都是小麦惹的祸?

秦朝末年的陈胜吴广起义爆发于安徽大泽乡;西汉末年的绿林赤眉起义爆发于山东莒县;东汉末年的黄巾大起义爆发于河南洛阳;北魏末年的六镇起义爆发于河套地区;隋末的农民起义爆发于山东、河北、河南;唐末的黄巢起义爆发于山东;元朝末年的红巾军起义爆 发于安徽;明末的李自成起义爆发于陕西米脂。

这些农民起义的爆发地几乎全部集中在安徽、河南、山东、陕西等地。而这些地区恰好处于黄河中下游流域,是小麦种植历史最悠久的地区。安徽的淮北地区属于北方干旱性气候,习惯种植小麦,而淮南地区属于南方水热性气候,主要种植水稻,结果发生在安徽的农民起义也主要在淮北。

这是为什么?

说白了,这都是小麦农业造成的。

这些地方属宜麦区。古时,生产力比较落后,小麦产量也不高,逐步递增的人口给立足于黄河流域的王朝带来了巨大的粮食供应压力。加之土地盐碱化十分严重,使耕地不断减少,久之,便使土地兼并的矛盾越来越尖锐,最终导致了激烈的社会政治冲突——农民起义。

2 月 28 日

困难年月,小麦一度成了货币。麦口,谁家生活过不去了,将养了年把的肥猪杀掉,到各户派销,进门就说:"不要钱,放心吃吧,麦后给麦,随行就市。"村里的石碾坏了,有人出面敛麦修碾,每家 10 斤。亲戚之间送粥米有个标准:小麦 20 斤,鸡蛋 30 个,红糖两包。

3 月 23 日

返青后的麦苗像是丰姿绰约的少妇,丰韵,含情,而此前她像一个单薄、瘦弱的村姑。

3 月 24 日

北纬 32°~38°的低海拔地区是小麦的天堂。

在中国,这个区域就是黄淮流域。在中国的 10 个麦区(东北春麦区、北部春麦区、西北春麦区、新疆春冬麦区、青藏春冬麦区、北部冬麦区、黄淮冬麦区、长江中下游冬麦区、西南冬麦区、华南冬麦区、)中,黄淮冬麦区全区小麦面积及总产量分别占全国麦田面积和总产量的 45%及 51%以上, 是中国小麦的主产区。黄淮冬麦区包括山东省全部,河南省大部(信阳地区除外),河北省中南部,江苏及安徽两省淮北地区,陕西省关中平原地区,山西省西南部以及甘肃省天水地区。这里"地势低平,主要麦区海拔均不及 100 米,土壤类型以石灰性冲积土为主,部分为黄壤与棕壤,质地良好,具有较高的生产力。全区气候温和,雨量比较适宜,年降水量 580~860 mm,小麦生育期降水量 152~287 mm。最冷月平均气温-3℃~0.2℃,绝对最低气温-22℃~14.60℃,小麦越冬条件较好。"

而其他区域对于小麦来说,条件则比较恶劣。如东北春麦区"为全国气温最低地区。东部多雨,西部干旱。东部的黑龙江三江平原,小麦生长后期常因雨水偏多而形成湿涝灾害,并影响收获。而西部吉林省白城与辽宁省朝阳等地区,则又因春旱、多风而造成干旱和风沙为害。"北部春麦区"寒冷少雨,土壤贫瘠,自然条件差。"西北春麦区"为中国降水量最少的地区,且蒸发量大,后期常有干热风为害。"新疆冬春麦区"气候干燥,雨量稀少。雪量少的年份,冬小麦越冬死苗情况较严重。"青藏春冬麦区"多高山土壤,土层薄,有效养分少。全生育期冬麦长达330天左右,有的直至周年方能成熟。"北部冬麦区"低温年份冻害时有发生,冬、春麦区交接边缘地带冬小麦冻害尤重。且旱害较重,春旱尤甚。"长江中下游冬麦区"常有湿害发生。江西省南部抚州等地区甚至因湿害严重而影响小麦种植。"西南冬麦区"光照不足,有湿害、低温冷害和后期高温逼热等自然灾害。"华南冬麦区"雨量分配不均,尤其是与小麦生育期的需水规律很不协调。幼苗阶段干旱少雨,灌浆时却又多雨寡照、湿度大,影响小麦开花、灌浆和结实。常导致赤霉病、锈病等为害。"

小麦虽然在全国各地都有种植,但黄淮冬麦区以外的区域种植面积很小,有的不足全国的1%,产量也很低,有的仅几十斤。所谓"麦海连天""麦浪翻滚"在那些地方是见不到的。

3月25日

进了麦田,就闻到了一股清新、甜软又略带土腥的气味儿,我知道这是小麦苏醒了,在轻风里进行均匀的深长的呼吸。这种气味是从深土里升上来,通过麦苗的嫩管飘出来的。我们彼此用各自的呼吸进行交流和对话。

3月26日

旗叶,又称倒一叶和顶叶。相对于子叶、鞘叶、先出叶、真叶,它就是一面旗帜,高高飘扬。在光合速率上,旗叶占第一位,在许多我们测不出的无法用数字表达的指标上,它肯定也占第一位。

科学工作者曾经做过这样一个试验:将小麦的旗叶用剪刀剪掉,结果秕粒率增加5%~10%,千粒重(一千粒种子的重量。是体现种子大小与饱满程度的一项指标,也是田间预测产量的重要依据)减少5%~10%,比没有剪掉旗叶的减产

30%~40%。而剪掉最下面的一片叶子,对产量根本没有影响。

我们看到的无垠麦田,实际上是一片旗帜的丛林,旗帜的海洋。

3月29日

今天去麦地,发现几片麦苗突然蔫萎,才想起两日前的那股寒流。27 日,朋友从济南打来电话,说那边下起了大雪,桃花雪,气温突然降到零度。邹城虽然没有下雪,但也明显地感到了冷。28 日晨,地上结了重重的一层霜。这在温和的春天,无论如何让人都感到突然。何况毫无心理准备的麦子。今天,气温开始回升,预报明日 5℃~19℃。两天内升温 10℃,不知那受冻的小麦能否尽快地缓过劲儿来。

4月7日

小麦的登场,使一些古老的农作物逐渐淡出历史舞台,有的由主粮沦为杂粮,有的在人类的食谱中彻底消失。

中国是农作物的起源中心之一,农业发明之初,当时种植的作物很多,故有"百谷"之称。到后来,"百谷"慢慢只剩下"九谷""八谷""六谷""五谷""四谷",其中必定有麦。

古籍中记载的"九谷"是:黍、稷、秫、稻、麻、大豆、小豆、大麦、小麦。(也有:黍、稷、粱、稻、麻、大豆、小豆、苽、小麦)"八谷"是:黍、稷、稻、粱、禾、麻、菽、麦。"六谷"是:稌、黍、稷、粱、麦、苽。"五谷"是:麻、黍、稷、麦、豆(或:稻、黍、秫、麦、菽;麻、麦、秫、稻、豆)。"四谷"是:黍、稷、稻、麦。

可见,起初,小麦在粮食供应中的地位并不靠前。在面食尚未普及之前,人们食用小麦采取"粒食",称为"麦饭",其受欢迎的程度远不及米饭。古成语中经常用"麦饭蔬食"或"麦饭豆羹"形容生活的艰苦。三国时,汝南王悦"断酒肉黍稻,唯食麦饭",被世人看作一种怪异的行为。晋代京口地方老百姓所流传的歌谣中就以"食白饭"和"食麦麸"来表示得志与倒霉。南朝齐国的辅国将军、齐郡太守刘怀慰以食麦饭不飨新米，而被称为"廉吏"。梁任昉出为义兴太守时，"儿妾食麦而已"，被视为"清洁"。南朝时的张昭等人以"久食麦屑"、"日唯食一升麦屑粥"的方式向已故的亲人行孝。那个时候，麦子只是在饥荒的情况下，勉强用于糊口充饥的食物，当稻、粟丰熟的季节，麦子往往无人问津。

面食的普及使小麦一跃成为人们饮食结构中的主导食物，而使一些在中国栽培数千年的作物纷纷退场。譬如麻。它的栽培史要远远早于小麦，其茎部的韧皮是古代重要的纺织原料，它的籽实，古代称为苴，一度是食粮之一，被称为"谷"。从《诗经》"禾麻菽麦"这样的排序来看，它的地位仅次于禾(粟)而居菽麦之前。"五谷"的时候，还有麻，或可有可无，而"四谷"时它就不存在了。菽，豆可当饭叶可做菜，春秋战国时期，是仅次于粟的粮食，后来也悄悄地消失了。九谷或六谷中的苽(又称雕胡、菰米)，是一种水生植物所结的子粒。这种水生植物就是现在所说的茭白。到五谷或四谷时已不见其踪影，它也成了"被遗忘的谷物"。

还有一些作物虽然还是主要的粮食作物，但在麦子的挤占下，在整个粮食供应中的地位下降了。小米(粟)自新石器时代以来，一直是中国北方首屈一指的粮食作物，然而，唐以后，它的地位开始发生动摇。这在农书中得到反映，《齐民要术》(成书于533—544年之间)所载的各种粮食作物的位置中，谷(粟)列于首位，而麦和稻却排得稍后。《四时纂要》(成书于五代末)中则看不到这种差别，有关麦子的农事活动出现的次数反而最多，说明这时麦已取代了粟的地位。明朝中后期，原产美洲等地的番薯、玉米、马铃薯、花生等作物相继引进中国，并且以其极强的适应性和极高的产量，迅速在中国得到传播，对于中国土地的开发利用以及人口的增长产生了极大的影响。但这些新作物都没有取得像麦子一样的地位，而只是在一些不宜种植稻麦之地见缝插针地种植。

4 月 11 日

咯，咯，咯——

沙哑、滞涩、沉重。在春天的麦地里,你经常会听到这样的声音。这是山鸡在麦垄里发出的。

山鸡的叫声不婉转,也不嘹亮。但它飞起来的样子却非常漂亮。山鸡常成对活动,如果你不慎惊飞了一对这样的山鸡,一定会被它们起飞时扑啦啦的响动和飞翔的优美姿态而惊呆。尤其是雄山鸡,彩羽、长尾,简直可与蓝天下一只精致的风筝相媲美。

4月12日

牛在河湾里吃草。河叫红河子。为什么叫红河子? 大概夏天河水中挟带大量红色山土的缘故。红河子是望云河的一条支流,望云河流入白马河,白马河流入微山湖。

整个河湾里没有一个人。河的两岸,是无边的麦地。麦地里晃动着耧麦垄或拔草的人,我不知道哪一个是牛的主人。这会儿,没有什么需要使唤牛的活儿。实际上现在用牛干的活儿已经不多了。以前什么活儿不用牛啊——耕地、耙地、耩地、运粪、拉麦、轧场,而这些,拖拉机、播种机、联合收割机都代替了。这些牛都知道。什么时候该干什么活它都知道,它干多少年了。牛生之为牛,被役使肯定不是它的唯一使命。这也许是与人的一场有效合作,或说是人的一次成功利用。不干庄稼活,牛也不会退化或灭绝,牛会照常吃草、喝水、发出哞哞的叫声。你能听懂一句深长的牛哞吗? 你能知晓牛哞里包含的关系我们生活甚至生死祸福的启示和信息吗? 没有人听懂。不仅牛哞,我们也听不懂鸡鸣狗吠羊咩马嘶鹤唳和虫声,这些叫鸣肯定不单单是我们理解的求偶或唤子,里面肯定隐藏着巨大的秘密。很遗憾,这些来自大自然的众多声音我们都无法接收,我们是一群失聪者。

离它几步远,就是孕穗的麦子,饱含浆汁,但它不吃,它知道不能吃。它不像驴,常常偷嘴。它只吃草。河是两个村子的界。可在牛眼里,根本没有什么界。现在是枯水期,河水细小,牛一步就能跨过去。它一会儿在这边啃几口,一会儿又迈过去在那边啃几口,还伸出长长的舌头卷几口水送进嘴里。

我从这边的麦地走进那边的麦地,又从那边折返回来。牛基本上还在原地。只是,它身旁的湿土上多了一些深深的蹄印。有的蹄窝里已经洇出水来。牛带着鼻圈,鼻圈通过两根嵌着简单菱形花纹的扁铁挂在两只牛角上,从上面拴着一截缰绳。缰绳是用来牵牛的,这会儿是牛拖着缰绳在游移。其实不用给牛拴缰绳,牛不会自己走出太远。它哪像人。

我想走过去抚摸一下牛,拍拍它的背,或捋捋它的尾。但在我走过去的时候,牛不安地掉过身来,还警惕地用一双大眼睛瞪着我。它不知道我想干什么,也不知道我是个什么样的人。现在,什么样的人没有啊。也难怪牛担心。我只好作罢,顺着麦田里的小路回去了。

4月13日

"我行其野,芃芃其麦。"

——《诗经·国风》

麦子长高了,填满了村庄与村庄之间的所有空隙。麦子长着的时候,村庄里的人们快乐地生活着,虽然要经常忍受贫穷和各种各样的委屈,他们也轻易不把什么事情做绝,因为田野里有一地麦子,麦子长得正好。实际上,他们在村子里遭受的苦痛、进行的争斗,多半就是为了地里的麦子。他们在麦地里劳动的时候,反过来又是为了他身后的村庄,藏在村庄深处的他们的家,还有他们的儿孙。说到底,在中国北方,有村庄就不能没有麦子,有麦子就不会没有村庄。你在一个村庄里顺着一个方向走,不一会儿一定就走进了一片麦地,胡同是通着麦地的。你在茫茫麦地里走,不要怕累,用不多久,你就会一脚踏进一个浓荫环抱的朴实的村庄。

4月14日

望着满目碧绿的麦田,总会想起一些往事。在麦地里做过的事情也许你一生都无法忘记。小时候和伙伴玩捉迷藏,你惊惊慌慌地钻进麦地里,刚刚伏在麦垄里的那种紧张,砰砰的心跳,很长时间没有被人发现,悄然出现的寂寞,现在怎么也找不到了。你蹲在麦地里解手,偶然发现一株植物长在田埂上,长得那么旺,叶子宽宽的、肥肥的,舒舒展展地贴在地皮上,你不知道它叫什么名字,开不开花,什么时候开花,开什么样的花,什么颜色,香不香。你还看到一只七星瓢虫驮着美丽的纹饰顺着一秆麦棵往上爬,你顺手把它捏在手里,原是想把它捏碎的,终于不忍,就放了它,它不慌不忙地又走开了。十余年后,你来到城市,养成了一个习惯,就是去厕所的时候总想看见一点什么,厕所里什么都没有,墙高高的,顶严实实的,满眼都是白色,满鼻都是臊臭,为了转移注意力,你去厕所的时候总爱带着一张报纸。

还记得吗?你不到二十岁的时候,曾经和村里的一个女孩谈恋爱,那天你们约会,是个晚上,月光很好,你们顺着麦地走了很远,麦子长高了,拥着你们。后来,你们走进麦地,弄倒了一大片麦子。露起了,把你们的衣服染湿,麦子深绿色的汁液留在你们身上,成为你们夜间相会的铁证。

4月15日

这是一条隐在麦田里的幽僻小路。窄,直,杂草密布。小路的中央有一道发白的洁净的裸土,那是自行车的车轮和人的脚步轧出来的。早晨你从这条小路上走过,裤管肯定会被露水打湿。而午后你走过这条小路,裤脚上又会粘满各种各样的草籽。这是一条南北向的小路,它是从一条大路上生出来的,它的末端通到一条大河的河堤。这是我经常散步的地方。小路上有时走着下地的农夫,有时通过一队队羊群,一只羊儿不时地停下来,拿嘴啃几下地上的茅草,被牧羊人一声呵斥,它紧走几步,跟上了前边的队伍。路两边是高高的白杨,每一棵都有好几搂粗。啄木鸟在高处咚咚咚地敲着树干,听见动静先是停了敲打,接着扑棱棱就飞走了。秋天,野草枯了,杨树的落叶密密地在这条小路上覆了一层,好长时间都没有人动它,有回村的羊从上面趟过,把这层树叶弄得有点乱,但是风一吹,又把它抚平了。人的双脚踩在叶子上面软软的,伴着簌簌的轻响。小麦生长的季节,有多少黄昏我推着脚踏车顺着这条小路走,一直走到河堤上。叫我惊讶的是,现在,那两排粗大的白杨都没有了(这肯定是去年冬天一帮有邪劲的人干的,那个领头的很早就已经盯住了它们),代之的是两排拇指粗的杨树苗,树苗排得整整齐齐,它的下半身刷上了白色涂料。路比原来显得宽了,平了,路表铺上了一层细软的沙土。我从上面走了一段。路面上印满了羊的杂乱的蹄印和自行车的辙花,杨树的树桩留在路旁,像一只只瞪圆了的质问的眼睛。两排杨树会慢慢长得粗大,路面也会变硬,小路会生出新的风景,只是原来的那条小路,那条许多年的小路却永远地从这里丢失了。

大地上如果突然丢失了什么东西,大概再也找不回来了。譬如一条小路,譬如一棵树,一只蜥蜴,一朵小花。

4月16日

我们离得已经很近了,我才看见他。原先是一条高出地面的废弃的石渠把他挡住了。他微微地低着头,眼睛似乎只看着路面。两只手都空着,随着走路的节奏前后摆动,看上去很自然,也很协调。不像我,两只手轮流插进兜里、抱在胸前或者背在身后,好像怎么放都不是很合适。他留着短发,这样显得很有精神。他的年龄在三十五到四十岁之间,也是正有精神的时候。只是穿的不好。我想他一定有一身满意而又合体的服装,在家里放着,平时不穿,平时他得劳动。他这个年纪,眼神、听力都很好,也爱谈吐,脑子活络。我也是这样。我想这样的两个男人在麦地里偶然相遇,总该停下来说说话,说说各自一路上看到的东西,想到的事情,或者其他。若谈得高兴,他可能从兜里掏出烟来,送到嘴里吸,也许习惯地递给我一支,我不会吸,但还是接了,吸了,直呛得咳嗽。

然而没有。两个男人默默地擦肩而过。在擦肩的那一霎,还各自缩了缩靠近对方的那只胳膊。相互都没有对视一下。走了一段路,我回头看了看他,他头也没回地往前走。他走得比我快些。前边正有一件事情等着他去做。是什么事情叫他急急忙忙地穿过麦地,我不知道。

无论你觉得可惜还是不可惜,记住或者即刻忘掉,这都可能是两个人一生中唯一的一次相遇。

我们相遇的地方是几百亩麦地的中央,离四周的村庄都很远。我们相向而走的这条窄窄的小路正傍着一条长满荒草的石渠。两边都是麦子。麦子已经抽穗,整个田野里荡着一股鲜气。石渠下,一片地黄顶着喇叭状的花朵,几棵蒲公英擎着一球白绒绒的种子。在我离开这里的时候,地黄的花朵就会凋谢,蒲公英的种子会随风飘散。前方有一溜被堆好拍平的粪肥,粪肥堆上野生着一棵南瓜。南瓜枝蔓粗壮,叶片肥大,一片叶子的后面,生出一只娇艳的黄花,下次再来,它该结出一个惹人爱怜的小瓜了。被一片野火烧得焦黑的土埂上,钻出一丛嫩绿的茅草,不久,茅草密密的叶条就将把地面盖住,遮住野火留下的痕迹。

4月17日

戴胜是田野里的精灵。

你看,它多么美丽、优雅、可爱——匀称的体态,黑黄相间的羽毛,蓬松的丝状冠羽,尖、长而又微微下弯的喙,银铃般悦耳的叫声。它飞起时样子像一只放大了的花蝴蝶,常呈波浪式飞行,边飞边叫,像柳梢悠扬动听。

戴胜是有名的食虫鸟,日间它大量捕食蜘蛛、螺类、金针虫、蝼蛄、行军虫、步行虫、天牛等害虫,这些大约占到它总食量的88%。戴胜是农民喜爱的一种鸟。

戴胜还有一个特点,就是成对成对地捕食或玩耍,平时,我们很少看到一只孤独的戴胜在麦地里活动,但也没有见到过成群的戴胜在天空中飞行,因而戴胜也被人们称为夫妻鸟,爱情鸟。戴胜在田间没有被追赶和捕杀的,因为人们不舍得。麦田里或地头上蹒跚着一对对的戴胜,只会被我们长时间地注视和观赏。

前不久,一个业余善做标本的朋友打电话给我,说一只小鸟误入他家的一间空房子里,鸟在房子里左冲右突,找不到出口。他撒给小鸟一些麦粒,鸟也不吃。他向我描述了一下鸟的形态和羽色,问我这是什么鸟,我脱口说:戴胜。

这只鸟是昨天下午飞进他家的空房子的。他发现的时候,已是黄昏了,他当时想把这只好看的鸟做成标本。十几年来,他已经做了许多鸟兽的标本——刺猬、苍鹭、喜鹊、麻雀、兔、猫、鼠、黄鼬、獾、燕子、鹳、斑鸠、鹁鸽、野鸡、野鸭……他没有见过这种鸟。但他在"下手"的时候却犹豫了,因为它的确太漂亮了,他不忍心。早先他是个杀猪的(白刀子进去,红刀子出来),姓郑,他经常玩笑地对朋友们说,叫我郑屠就是。后经营饭店,喜字画,善弹唱,通周易。他的心一点点软下来了。他的那些标本用的都是自然死亡或被人们误伤的鸟兽。

他问我该怎么办(其实他这会儿已想好该怎么办了)? 我说:放了吧。戴胜是爱情鸟,这会儿,它的伴侣不知急成什么样呢?"哥,遵命。"他用惯常对我使用的口吻说。半小时后,我收到他的短信:鸟飞了。天蓝了。地宽了。心安了。

4月18日

记忆中童年的麦地里还有不少野兔,那个时候割麦一律用镰刀,割得慢,把麦个子从地里运到打麦场使用人拉地排车,有时候拉不送,一天里割下的麦子当天不能完全拉回去,就把散乱的麦捆码在一起,码成一个个空隙很大的麦垛,第二天你走近麦垛的时候,十有八九得有一个东西哧溜从你的胯下窜走了,把你吓了一跳,甭怕,它是野兔。这时候,如果有家养的狗跟了你到麦地里来,那狗一顿身子就会跃出猛追,一直追出去很远,可能是已经捉住了,但这时候却围了几只狗,在那里争抢,但最后还是叫人夺过来了。

4月19日

"主人说:不必,恐怕薅稗子,连麦子也拔出来。容这两样一齐长,等着收割。当收割的时候,我要对收割的人说:先将稗子薅出来,捆成捆,留着烧,唯有麦子要收在仓里。"

——《圣经·马太福音》

看麦娘、稗草、萹蓄、葎草、小藜、小蓟、雀麦、节节麦、大马蓼、苦苣菜、打碗花、米瓦罐、田旋花、马唐、早熟禾、猪秧秧、播娘蒿、繁偻……这些都是麦地里的杂草，与小麦争夺地盘、争抢阳光与养分的。对付它们，人们研制了草甘磷、克无踪、丁草胺、异丙隆可湿性粉剂、骠马乳油、宽克清、巨星、使他隆、禾草灵、伴地农、阔草清、麦黄隆、快灭灵、阔叶散、农多斯、4-D丁酯、迪柯兰，准备在不同时期杀灭它们。

在鲁南，这些草都不是很多。多的有两样：一是荠菜，一是米蒿。这两种东西差不多在春天的同一个时间发芽生长。我们对付它们不用药物，我们用手拔。荠菜小的时候，我们拔下来吃掉——烧汤、凉拌、包水饺，大一些我们就扔掉。米蒿也是。但米蒿好像总也拔不净。米蒿是高秆植物，它随着麦子一块生长，农历三月开一种黄色的小朵的花，花就长在顶端，看上去倒也有些漂亮。但我们不管它漂亮不漂亮，发现"小黄花"就过去拔掉。因为它先于小麦成熟，割麦子的时候它就挂着细小的干硬的籽荚了，很容易混进麦种里。所以在鲁南，看一个人勤快还是懒惰，只要看看他家的麦地里有没有米蒿，多不多，就知道了。

那年的春天，我在乡政府当文书，一天，是个阳光很好的上午，我骑自行车从新安村到望云村去，在田野里遇着一个两小无猜的朋友，她在麦地里拔米蒿。她穿一件鲜红色上衣，在绿地里晃来晃去。她一个人就搅得整个田野春潮涌动。她父亲是村干部，我经常到她家里去。我们二人都是情窦初开的年龄，心中各自都有几分潜隐的好感和爱恋，但谁都没有说。我插下车子帮她拔米蒿，一垄到头折回来又是一垄。米蒿染得我两手青绿。麦子正在拔节的时候，齐腰高了，在微风中摇动……那是20年前的事情了。

4月20日

麦地里还有豌豆。豌豆又叫麦豌豆、麦豆，好像和小麦有亲戚。豌豆也是野生的，零零星星，附生在麦棵之间，秆硬、叶厚，开红色的小花，麦熟时结实。

我们这里地处华北平原，土地平整肥沃，全种上了高产稳产的粮食作物，像豌豆、豇豆、红小豆、绿豆、荞麦之类杂粮很少种植,因此见了豌豆甚是稀罕,一旦发现它,就细心地剥下裹满花纹的豌豆粒儿放进衣兜,母亲做饭的时候就把它们撒进汤锅里。

4月21日

大麦往往混生在小麦地里。但不多,一棵,一撮或一小片儿。

大麦的骨骼比小麦大一些,也高一些(要不怎么叫大麦呢),如果小麦地里有大麦,那是会一眼就能看见的。大麦和小麦同时成熟。大麦壳大、皮紧,用手搓不掉。我们经常做的事是掐下一个大麦穗,一粒一粒地把大麦的外壳剥掉,嚼食,仔细咂摸它的味道和小麦有什么不同。

大麦小麦都是麦。小麦里面有几穗大麦,人们觉得很正常,没人管它。反正小麦里面有几粒大麦,吃了又药不死人。但是,如果打算将这片麦子留作种子,那就得将里面的大麦趁收割之前全部拔除。(农谚:小麦选种在田间,弄到场里就要掺。)

4月22日

沟边地坎,长着一丛一丛的小麦草。

小麦草又叫野麦子。

从长相上看,它和小麦没有什么区别。小麦草和小麦一样分蘖、返青、拔节、扬花、灌浆。只是,它的籽实太小,没人收获它们。成熟的时候,它将自己的种子在暖风中潇洒地随意洒落。

它和麦子肯定同宗同族,不知什么时候开始,它们有了分野。从此,一个雍容华贵,有着良好的风仪,像个在朝的官员;一个放荡不羁,似有超人的绝技,像个风行的侠客。显然,大地上的麦子就是被人类改造并豢养了多年的小麦草。

芹菜与野芹菜,芫荽与野芫荽,韭菜与野韭菜,西瓜与野西瓜也是这样。

4月26日

无意中将正在写作着的《小麦日记》带到地里。我想正好可以验证一下自己写的对不对，就看了其中的几个片断，然后长久地盯着麦子，像等待它的肯定似的。

它知道吗？我想它是知道的。

长期从事波动论研究的日本开放国际大学选择医学博士、IHM研究所所长江本胜曾经从江河湖中采集水的样本，然后将不同内容的文字贴在水面上，放入冰箱冷冻三个小时，再放到-5℃的冰箱中结晶，用带显微镜的镜头分别拍照，结果写有"爱""感恩""感谢"等字样的结晶体非常规则、漂亮，而写着"恨""讨厌""厌恶"等字样的就异常丑陋。他反复做了几十万次试验，结果都是一样。于是他得出结论：水是有知觉的，它会看、会听、会感觉、会分辨。他的著作《水知道答案》因而畅销全球，引起巨大轰动。

80高龄的净空老法师说，所有物质都有见闻知觉，包括空间，不然，我们的许多资讯是靠什么传递，是怎样联通的呢？我们看似没有生命的物质尚且如此，何况正在蓬勃生长的小麦呢？

只是，小麦是什么感觉，它有什么意见，我无法知晓。

晚些时日，我还要把已经写完的《玉米日记》《棉花日记》和正在写作的《苹果日记》拿到玉米地、棉花地和苹果园里去，叫作品中的"主人公"咂摸一下，评判一下。

4月27日

它在扬花。

4月28日

小麦的花有谁注意呢？

小麦的花开在麦穗上。每一个小穗（即一颗麦粒）即可开3~9朵花。小麦花是两性花,含三枚雄蕊,一枚雌蕊。由于小,只有凑近,我们才能看到它。而我们看到的淡黄色碎屑一样的东西也根本不像花。

因为没有明显的花冠、花蕊、花萼、花托,可能不少人以为小麦不开花。

提起花,人们只会想到牡丹、杜鹃、紫薇、罂粟、蜀葵、荷花、菊花、桂花、木槿、槐花、茑萝、萱草、红蓼、海棠、虞美人、鸡冠花、曼陀罗、大丽菊、一串红、勿忘我,而把许多植物的花忽略了,比如一些庄稼和果蔬所开的花。豌豆开什么样的花,绿豆开什么样的花,丝瓜开什么样的花,苦瓜开什么样的花,佛手瓜开什么样的花,瓠子开什么样的花,葫芦开什么样的花,豆角开什么样的花,萝卜开什么样的花,白菜开什么样的花,韭菜开什么样的花,芫荽开什么样的花,茄子开什么样的花,菠菜开什么样的花,芹菜开什么样的花,苔菜开什么样的花,莴苣开什么样的花,雪里蕻开什么样的花,马齿苋开什么样的花,栝楼开什么样的花,马齨开什么样的花,苋菜开什么样的花,蚕豆开什么样的花,荞麦开什么样的花,黄烟开什么样的花,蓖麻开什么样的花,洋麻开什么样的花,蒺藜开什么样的花,苘开什么样的花……有谁能够准确地一一说出来呢?

导致大家花盲的原因大致有这么几个:(1)它们的嫩芽被我们吃了,我们一般看不到它们开的花,如萝卜、白菜、苔菜、芫荽、雪里蕻、胡萝卜等。我们能够看到它们开花是很偶然的。这或许是一两棵被留作当种子的;或许是长在一片闲地里一时吃不完,任它开花结实了;或许是撒种的时候无意中被遗落在地头畦边的;或许是由来路不明的种子野生的。(2)我们的眼睛单单盯住了它们的果实,没有留心它开花不开花,如南瓜、黄瓜、丝瓜、西瓜、冬瓜、茄子、辣椒。(3)它们的花和叶子几乎一个颜色,不鲜艳,不炫目,我们没有看出来,如小麦、玉米、葡萄、花椒、菠菜、芹菜、大葱、苋菜。

每一种植物都开花,开的花都漂亮。萝卜开的花是白的,韭菜、芫荽、辣椒开的花是白的,瓠子、葫芦开的花也是白的,白得洁净,白得纯正,简直纤尘不染。白菜开的花是黄的,开黄色花朵的还有南瓜、西瓜、丝瓜、苦瓜,还有油菜、苔菜,还有马齿苋。茄子开紫色的花,黄豆、蚕豆、眉豆也开紫色的花。黄烟开的花红艳艳的,醒目、娇美。而棉花和洋麻开的花有红的,有黄的,红黄相间,美丽斑斓……

我曾经问过几个在城里长大的孩子,见过没见过以上写到的那些花,他们有的能说出一两种,至多三五种,有的一脸茫然,只是摇头。

4 月 29 日

中国要以占世界 7% 的耕地,养活占世界 22% 的人口,唯一的出路就是利用有限的耕地,科学种植,不断改良品种,提高粮食单产。一个世纪以来,在小麦科学生产领域,有一大批人在默默地工作着、奉献着。是他们,帮助中国人战胜了饥饿和贫穷,迎来了温饱和富足。

让我们记住他们——这些毕生痴爱小麦的人,这些与农民和土地有着独特感情的人,这些为小麦的培育和改良做出卓越贡献的人,这些像一块肥料一样融入麦田的人:

中国现代小麦科学主要奠基人金善宝:1895—1997 年,浙江诸暨人。著名育种专家,农业教育家、农学家和小麦专家。1955 年被选聘为中国科学院学部委员(院士)。1965 年 7 月至 1982 年 6 月任中国农业科学院院长。

20 世纪三四十年代,金善宝选育的"南大 2419"小麦良种,具有早熟、抗条锈病、抗吸浆虫、秆强抗倒、穗大粒饱、适应性广和一般配合力好等优点。因此,不仅是中华人民共和国成立后长江中下游冬麦区第一次品种更换时,种植面积最大的品种,而且是 30 多年来我国小麦杂交育种中最主要的亲本之一。根据《中国小麦品种及其系谱》一书的记载,它的直接和间接衍生品种有 98 个,分布在我国 7 个大的麦区,其代表性品种中,冬麦有"石家庄 34""徐州 14""郑州 3 号""内乡 5 号""大丰 1087""万年 2 号""安徽 9 号""蜀万 8 号""绵阳 4 号""鄂麦 6 号""凤麦 13",春麦有"京红 4 号""科春 5 号""甘麦 7 号""藏春 6 号"等。他和学生、助手们培育的京红 1 号、2 号、3 号、4 号、5 号、6 号、7 号、8 号、9 号及京春 6082 等优良品种,推广面积最高年份达百万亩以上。其中,京红 7 号、8 号、9 号平均单产超过当时风靡世界的墨西哥小麦品种的一、二成。该项成果获 1978 年全国科学大会奖。

上世纪 50 年代,金善宝主持全国小麦的种类及分布研究,从广泛搜集到的 5562 份材料中,取出有代表性的品种材料近 2000 个,通过两三年的观察分析后,将其中的 460 个品种,分别在北京、徐州、武功、西宁、乌鲁木齐、成都、昆明、武昌、广州及福州等 12 个地点种植,进行全面系统的鉴定,明确了我国小麦分属普通小麦、密穗小麦、圆锥小麦、硬粒小麦和波兰小麦五个种,及普通小麦亚种"云南小麦"一个变种,属于各个种和亚种的变种共计 101 个,其中 93 个变种是经他亲自检定的,有 19 个变种和六个"云南小麦"的变种是由他定名的。

他结合小麦的种类和分布研究,根据品种的生育期、阶段发育特性、幼苗、植株、穗部和籽粒性状,参照原产地的自然环境、耕作栽培制度和生长期间的气候条件,进行综合分析总结,将中国小麦确定为 14 个生态类型:(1)华南生态类型,包括南岭以南地区及台湾、海南诸岛。(2)江南山地生态类型,主要是浙闽山地及南岭山地。(3)云贵高原生态类型,指云贵高原地区附近山地。(4)四川盆地生态类型,即四川盆地范围内。(5)长江中下游平原生态类型,指沿江沿湖平原和丘陵地带。(6)秦巴山地生态类型,包括秦岭、大巴山、伏牛山、武当山一带山地。(7)华北平原生态类型,包括淮河以北、太行山及伏牛山以东的大平原,渭河、汾河中下游沿岸。(8)黄土高原生态类型,以黄土高原为主,包括河北北部和辽东半岛。(9)东北平原生态类型,即辽东半岛以外的东北地区。(10)内蒙古高原生态类型,包括大兴安岭以西,祁连山以东,长城以北的地区。(11)甘青高原生态类型,主要是祁连山南北地带。(12)准噶尔盆地生态类型,指天山以北的准噶尔盆地。(13)塔里木盆地生态类型,指天山以南的塔里木盆地。(14)青藏高原生态类型,包括昆仑山以南的西藏、青海高原地区。

赵洪璋:毛主席亲切地称他"挽救了中国"。赵洪璋,1918—1994 年,河南淇县人,小麦育种专家,中国科学院院士,原西北农业大学教授。

赵洪璋 1940 年毕业于国立西北农学院农艺学系,曾任陕西省农业改进所大荔农事试验场佐。1942 年任教于西北农学院,历任助教、讲师、副教授、教授,兼任小麦育种研究室主任、副院长等职。毛泽东主席多次接见过赵洪璋,亲切地称他"挽救了中国"。人们也把他和水稻专家袁隆平并称为"南袁北赵"。

赵洪璋在小麦杂交育种方面的杰出贡献，在中国现代作物育种史上占有重要地位。20世纪50年代，他主持育成的"碧蚂1号""碧蚂4号"和"西农6028"等优良小麦品种，比当时种植的品种增产10%~30%，推广面积达1.1亿万亩。其中，"碧蚂1号"1959年统计推广9千万亩，创我国小麦品种种植面积最大记录。1960年代育成"丰产3号"良种，增产10%~20%，1976年推广约3千万亩，是1960—1970年代黄淮麦区栽培面积最大的品种。20世纪70年代育成"矮丰3号"等矮秆品种，增产10%~20%，1978年推广达500余万亩，是我国第一批矮秆品种中栽培面积最大的品种。1980年代承担国家小麦育种协作攻关课题，从性状遗传、抗病、生理生态、花药培养及加速选育进程等方面进行了探索和研究。1980—1990年代，他主持育成了以"西农881"为代表的第四批大面积推广种植的品种。鉴于陕西关中和黄淮麦区小麦病害种类增多、病情加重的趋势，他提出并制定了在保持基本适应性和矮秆早熟的基础上，以"多抗性"为重要目标的选育方案。他亲临第一线，指导并带领助手们从抗性遗传、抗源筛选、鉴定方法研究到杂种后代选择，育成并通过审定了"西农881""西农65""西农85"及合作选育的"豫麦29"等小麦品种。这批品种的突出优点是：高抗赤霉病、高抗到中抗条锈病和白粉病、弱冬性早熟、优质高产，在陕西关中和黄淮麦区大面积推广种植，累计种植面积达1952.9万亩，增产小麦约29292.9万公斤。这批品种的育成，开创了我国北方冬麦区小麦抗赤霉病育种的成功先例。

在长期的小麦杂交育种实践中，赵洪璋关于综合生物进化论、遗传学和生态学等有关学科的基本理论，形成了一整套别具一格的学术观点和育种方法。他所做的试验，材料精，面积小，过程短，成效高，以"少而精"著称于中国育种界。

余松烈：120万农民为他特制了一枚金质奖章。余松烈，1921年出生，浙江慈溪人。1942年毕业于私立福建协和大学农学院农艺系，获农学学士学位。大学毕业后，他先后在福建省立农学院、私立福建协和大学农学院任助教，福建省研究院任助理研究员，上海南通学院农科任讲师。新中国成立前通过朋友介绍到老解放区山东农学院工作。他曾任山东农学院（1983年改为山东农业大学)讲师、副教授、教授,1987年被国务院学位委员会批准为博士生导师;兼任实习农场副场长、农学系主任、作物栽培生理研究所所长。校外兼任山东小麦技术顾问团团长、农业部全国小麦专家顾问组成员,第七届、第八届全国人大代表,中国作物学会理事、栽培委员会委员、小麦学组组长、山东农学会副理事长、山东作物学会副理事长等职务。曾获全国农业劳动模范、国务院特殊津贴、全国高等学校先进科技工作者。1992年,中共山东省委、省政府授予他有突出贡献的科技人员重奖。1997年11月当选为中国工程院院士。

几十年来,余松烈系统地研究了小麦低产变中产、中产变高产和高产更高产的主要矛盾及解决矛盾的途径,提出了小麦单产发展三个阶段的理论,并指导生产,促进了小麦生产的发展。他的主要科研成果得到国家和科学界的肯定。其中,"小麦高产栽培的理论与实际"获1978年全国科学大会奖和山东省科学大会奖。"山东省小麦低产变中产、中产变高产开发试验"获1986年山东省科技进步二等奖。"山东省小麦中产变高产模式与最佳栽培技术规程的研究"获1991年山东省科技进步二等奖。"冬小麦精播高产栽培的理论与实践"获1992年国家科技进步二等奖及1990年国家教委科技二等奖。

山东省滕州市(原滕县)是余松烈最早进行小麦精播试验的地方。自20世纪70年代以来,他一直把滕州作为科学研究、高产示范、实验教学的基地。1996年,余松烈在滕州建立小麦良种产业化开发项目,从种到收多次到各个村进行指导,使50亩小麦高产攻关田平均亩产612.7公斤,200亩小麦丰产田平均亩产567.1公斤。这一年,滕州市84万亩小麦平均亩产428公斤,比丰收的1995年每亩增产19公斤。为此,喜获丰收的滕州市120万农民派代表专程到山东农业大学,把一枚精制的"丰收"金质纪念章赠予余松烈,表达他们对著名农业专家的敬仰之情。

情系西北魂归渭河的李振岐:1922—2007年,河北遵化人。植物病理学家和小麦条锈病专家。1949年毕业于西北农学院。20世纪50年代和80年代先后在前苏联莫斯科农学院进修和在美国蒙大拿大学合作研究,系西北农林科技大学教授、博士生导师。长期从事农业植物病理学和植物免疫学教学及小麦条锈病和植物免疫研究,主编了我国第一本《植物免疫学》全国统编教材。

李振岐在国内首先揭示了陕、甘、青地区小麦条锈病病菌的越夏、越冬和流行传播规律,并且发现陇南和陇东等旱播冬麦区为秋季菌源基地和传播桥梁地带,提出了防治途径,为开展全国小麦条锈病流行体系研究奠定了坚实基础。主持研究了我国小麦品种抗条锈性丧失规律,发现品种抗锈性丧失由西部麦区向东部麦区发展,陇南为小麦条绣菌的主要"越夏易变区"和新小种策源地,病菌小种毒性变异为引起品种抗锈性丧失的主要原因,品种植株群体遗传分化与山区低温为引起变异的重要诱因,半山为变异的关键地带,并提出了控制对策和建议。

他主持系统研究了天水地区和关中地区小麦条锈病为主的病虫发生软件,提出了综合治理策略和技术方案,对控制两地区1990和1991年及以后病虫流行发挥了重要指导作用。此外,在秦岭植物锈病,小麦条锈菌毒性变异的分子机理和大型真菌的生态学研究等方面也取得了重要进展。

李振岐于1997年当选为中国工程院院士。

2007年9月23日,李振岐因病逝世。国务院总理温家宝专门委托国务院办公厅致电学校,对李振岐的逝世表示哀悼,并以个人的名义送了花圈。全国政协副主席、中国工程院院长徐匡迪发来唁电、代送花圈表示哀悼。社会各界千余人前来送别。遵照李振岐生前遗言,其骨灰随同鲜花撒入滔滔渭河。

中国小麦远缘杂交之父李振声:1931年出生,山东淄博人,著名小麦遗传育种学家,中国小麦远缘杂交育种奠基人,有"当代后稷"和"中国小麦远缘杂交之父"之称。1951年毕业于山东农学院(现山东农业大学)农学系。中国科学院遗传研究所研究员。经过多年研究,他带领课题组育成小偃麦8倍体、异附加系、异代换系和异位系等杂种新类型;将偃麦草的耐旱、耐干热风、抗多种小麦病害的优良基因转移到小麦中,育成了小偃麦4、5、6号、54号、81号,仅小偃6号就累计推广1.5亿亩,增产小麦40亿斤;小偃系统衍生良种70多个,累计推广面积约三亿亩,增产小麦超过75亿斤。建立了小麦染色体工程育种新体系,利用偃麦草蓝色胚乳基因作为遗传标记性状,首次创制蓝粒单体小麦系,统,解决了小麦利用过程中长期存在的"单价染色体漂移"和"染色体数目鉴定工作量过大"两个难题;育成自花结实的缺体小麦,并利用其缺体小麦开创了快速选育小麦异代换系的新方法——缺体回交法,为小麦染色体工程育种奠定了基础。

李振声的童年是艰苦的。1942年,山东大旱,庄稼颗粒无收。那年李振声11岁,挨饿的感觉令他至今难忘。"野菜、榆树叶都是充饥的好东西,尤其是榆树皮,因为它是黏的,和糠混合起来,能做成窝窝头。"生在农家的他13岁时父亲去世,母亲一人抚养四个孩子。李振声高二时辍学到济南找工作,那时济南刚刚解放,一个偶然的机会,他在街上看到山东农学院在招生,并且可以提供学生上学期间的食宿。这对李振声来说真是巨大的吸引。"哪有这样的好事情?管吃管住,还可以读书,这在过去想都不敢想。"提起当年的经历,李振声依然很激动,就是那个决定把他带到了育种研究这个领域,让他得以在广袤的黄土地上施展才智。后来他参加了考试,被农学院录取。小时候挨饿的经历让李振声懂得粮食的珍贵,这也成了他学习农业、从事农业研究的原动力。

1994年,美国农业和环境问题专家莱斯特·布朗在《世界观察》上撰文提出了"谁来养活中国"的问题。他的结论是:中国到2030年,若人均粮食消费水平按400公斤计,进口粮食将达到3.78亿吨。而世界粮食出口总量不过2亿多吨,到那时,不仅中国养活不了中国,世界也不能养活中国。

中国人还得挨饿吗?

在此后的几年里,李振声一直调查论证,汇集我国15年的有关数据,与作者预测的情况进行对比,结果发现他的预测没有兑现。2005年4月,李振声在博鳌论坛上说:"我们对比的结果是,布朗的推论不正确,不符合中国实际!第一,人口增长速度比他预计的慢了1/3,布朗预计后40年人口平均增长1200万,而2003年我国人口实际增长只有761万;第二,人均耕地减少的速度不像布朗预计的那样严重,因为通过遥感测定我国耕地面积比原来公布的传统数字多出了36.9%;第三,我国粮食15年合计进出口基本持平,净进口量只有879.4亿斤,相当于总消费量的0.6%,微不足道!"站在演讲台上,李振声信心百倍地告诉世界："中国人能养活自己！"

这一年年底，联合国世界粮食计划署在北京正式宣布了停止对华粮食援助的期限，理由是：中国政府在解决贫困人口温饱方面已经取得巨大成果，不再需要联合国的援助了。铁的事实证明我们中国人不但能养活自己，而且完全是自己养活自己，这是中国的无上骄傲。

李振声曾任中国科学技术协会副主席，中国科学院西安分院院长、陕西省科学院院长、中国科学院副院长。1991年当选为中国科学院院士。1985年获国家技术发明一等奖，1988年获陈嘉庚农业科学奖，1995年获何梁何利科学与进步奖。2006年获国家最高科学奖，成为继袁隆平之后第二个获得此项殊荣的农学家。

南方麦王程顺和：1939年出生，江苏溧阳人，著名小麦育种专家。1958年至1962年就读于南京农学院，1962年至1966年任江苏省泰兴县稻麦良种场技术员，1966年至1972年在江苏省扬州农业学校任教，1972年至今历任江苏里下河地区农科所农艺师、室主任、副研究员、研究员。1992年被评为国家级有突出贡献的中青年专家，1994年获王丹萍科学奖，1995年获首届中华农业科教基金奖，1996年获何梁何利奖，国家"八五"攻关先进个人、并被江苏省记一等功。2005年当选为中国工程院院士。

从上世纪60年代，程顺和在小麦的近缘植物种中发现一批高代株系，培育出"产量翻番"的小麦新品种，提出"构建广适高产育种为基础、滚动回交聚合育种为先导的育种体系"、选种时"三看"的表型选择方法等一系列小麦育种创新性方法理论，主持育成扬麦系列高产、高抗白粉病、中抗纹枯病新品种，其中扬麦158的育成，初步解决了世界小麦育种中广适高产与抗赤霉病相结合难题，实现了国产弱筋小麦品质超过美国软红麦的突破，获得国家科技进步一等奖。

程顺和长期从事小麦品种选育研究，主持育成一批优质高产扬麦系列小麦新品种——扬麦5号、扬麦158、扬麦9、10、11、12、13、14、15、16、17号等，实现了我国长江中下游麦区第三、四、五、六次品种大面积换代。其中仅扬麦5号、扬麦158号，累计种植已在六亿亩以上，增产粮食200亿公斤，创社会经济效益近 300 亿元。

设在扬州农科院小麦实验室的国家小麦改良扬州分中心，承担国家自然科学基金、"863""973"及江苏省重大攻关项目数十个。这儿也是程顺和院士的科研试验场。因为对小麦育种贡献巨大，长江中下游一带的老百姓亲切地称程顺和为"南方麦王"。

黄淮大地上的小麦栽培专家于振文：1944年出生，北京人，小麦栽培学家，中国工程院院士。1982年山东农学院（现山东农业大学）研究生毕业。1985年7月至1987年2月，美国肯塔基大学访问学者。2000年12月至2001年5月，美国堪萨斯州立大学访问教授。现任山东农业大学教授，博士生导师，兼任国务院学位委员会学科评议组成员，农业部种植业专家顾问组成员、小麦专家指导组组长，中国作物学会常务理事、小麦栽培学组组长，山东省政府农业良种产业化开发项目小麦执行专家，山东省小麦工程技术研究中心主任，农业部小麦栽培生理与遗传改良重点开放实验室主任，山东农业大学小麦研究所所长。第九届、第十届全国政协委员。

于振文长期从事小麦栽培理论与技术的研究和实践，系统研究了小麦产量与品质生理和高产优质栽培技术，提出了调控小麦衰老进程、提高粒重的超高产栽培理论，创建了以氮肥后移为核心技术的高产优质栽培技术体系，被农业部定为主推技术，在黄淮麦区推广，经济效益显著，对我国小麦生产发展作出了重要贡献。

他系统进行了小麦产量生理研究，创建了超高产栽培理论与技术。系统研究了高产条件下小麦旗叶与根系衰老的生理机制及与环境条件的关系，提出小麦衰老的阶段性、生理特点及与粒重形成的关系，发现深层根系对衰老调控的主导作用，氮素、水分、群体等因素调控衰老进程的机理；提出了延长缓衰期、缩短速衰期、保持较长的光合速率高值期、提高此期籽粒灌浆速率、提高粒重的有效途径。探索出同步提高生物产量和经济系数，增加开花至成熟阶段的干物质积累和向穗部的分配，提高粒重的理论，奠定了获得超高产的理论基础。创建以氮肥后移为关键技术的小麦超高产栽培技术，1997—2001年在鲁、豫、冀、皖北、苏北推广1.5亿亩高产麦,指导不同层次高产田(400~600公斤/亩)小麦单产的提高,累计增产69亿公斤,获得显著经济效益。"小麦衰老生理和超高产栽培理论与技术"获2001年国家科技进步奖二等奖,2005年被农业部定为全国小麦生产主推技术。利用该技术,2005年和2006年分别在兖州市小孟镇创出1.81亩泰山23小麦实打验收亩产735.66公斤和4.21亩济麦22小麦亩产727.43公斤,为我国小麦高产树立了样板。

农民育种家吕平安:1951年出生,河南省温县人,小麦育种专家。河南平安种业有限公司董事长、河南省豫安小麦研究所所长,高级农艺师,高级咨询师。国家小麦工程技术研究中心客座研究员,河南省品种审定委员会小麦专家组成员,河南省重大科技攻关项目首席专家,河南省小麦研究会常务理事。

吕平安曾先后培育出温2540优系、豫麦49(温麦6号)、豫麦49~198、平安3号、平安6号、平安7号等多个在黄淮麦区大面积应用的超高产新品种(系)。其中豫麦49系列品种是推广速度最快、面积最大的小麦新品种。1996年以来,推广开发自主知识产权小麦新品种1.84亿亩。曾经连续七年在河南省每年推广开发1000万亩以上,创经济效益80多亿元。被科技部、财政部、国家计委、国家经贸委联合评定为"九五"国家重点科技攻关计划优秀科技成果(全国唯一)。豫麦49号、豫麦49-198选育与应用被评定为2009年度国家科学技术进步奖二等奖。

围绕自育品种推广开发,连续组织小麦超高产攻关示范研究22年。2006年,豫麦49-198小麦新品种15亩连片超高产攻关田平均单产717.2公斤,创我国三大主产冬麦区小麦单产最高记录。2007年平安3号千亩连片超高产开发1032.3亩,平均单产655.8公斤,创全国最高记录。粮食丰产科技工程温县万亩核心试验区小麦平均单产连续三年达到600公斤以上。小麦、玉米年亩产吨粮超高产攻关连续三年超过1500公斤指标。并研究集成了小麦、玉米超高产节本增效技术体系。

吕平安是一个普通农民,他的小麦育种试验是从自家的责任田里开始的。

吕平安出生在河南温县祥云镇喜合村,从小尝尽了受冻挨饿的滋味。吃饱饭成了他最大的奢望。1980年,当时的公社领导将在喜合村搞农作物科学育种成绩突出的吕平安调任公社种子站站长,但他依然是领工分的农民身份。他说他什么都不在乎,就想研究良种,就有一个梦想:让土地能多打粮食,让乡亲们都吃饱饭!

创业之初,生活多艰。上有年迈的父母,下有三个孩子。每月45元工资,既要付多病父亲的药费,又要掏三个孩子的学费,生活十分拮据。为了交承包地费、购买麦种,他咬咬牙一次又一次对妻子说:"我这点工资你别指望了。"买不起油,一家人常年吃咸菜,甚至几个月也尝不上酱油。他烟戒了,酒也戒了,衬衣破了用胶布粘粘再穿,十几年的棉袄里外都开了"花"也舍不得换。然而,为购买好麦种,他却不惜血本……

为了搞小麦育种,吕平安舍弃了许多常人的乐趣,扑克、麻将、下棋等他都不沾边。他是个有名的孝子,可侍候瘫痪老父亲的活儿他也只好托给了妻子。父亲病危时,他不在跟前。弥留之际,老人还一直喃喃呼唤"平安——平安哩——",老人多么想看儿子最后一眼啊!可这时他就在离家三里远的示范田里,农业部的专家正在考察他的麦子。

年复一年,吕平安就这样走过来。他的小麦育种成果也终于一个接一个从他的承包田里诞生!

吕平安曾先后获得"河南省劳动模范""全国农业技术推广先进工作者""科技部星火科技致富能人"等多项荣誉称号。吕平安的卓越贡献得到国家和各级党政领导以及全社会的肯定,也在国际小麦育种领域为中国赢得了声誉。

1996年5月26日,在布谷鸟的声声鸣叫中,千里中原,一夜麦黄。国际小麦玉米改良中心主任、世界著名小麦育种专家S·拉杰拉姆率领美、英等国小麦专家前来中国考察小麦,提出要看最能代表中国小麦生产水平的麦子。国家及省小麦专家推荐他们到温县考察吕平安培育的百亩"温麦六号"小麦新品种示范田。

仿佛老天要对"温麦六号"再次进行严峻考验。就在第二天专家要来考察的时候,头天夜里突然狂风大作,树枝咯巴咯巴折断,有的树木被连根拔起,吕平安拔腿就向他的百亩示范田跑去……

路两边大片麦子倒伏,尤其刚浇过水的麦田,麦子像碾过一般平铺在地。一口气跑到自己的示范田,吕平安悬着的心落下了——他的百亩"温麦六号"不仅没有倒,而且连零星的倒伏也没有,况且两天前刚刚浇过水。"老天爷,我赢了!"吕平安一蹦三尺高。

第二天上午,拉杰拉姆一到示范田就惊喜地连叫"OK"。他走进麦田,查单株分蘖,数穗数,数粒数,掏出皮尺量麦秆高度……两个小时过去了,他才恋恋不舍地走出麦田,伸出大拇指:"这是我在中国看到的最好的麦田,见到的最好小麦品种!"

这块麦田的产量到底怎么样?6月11日,省人大副主任、著名小麦栽培专家胡廷积教授委托河南农大八位小麦专家前来现场监督,实地打收。最后确认亩产小麦629.8公斤,创河南有史以来小麦单产最高记录!

2008年9月8日,中国国家主席胡锦涛在接见吕平安时,紧紧握住他的手,亲切地勉励他:"希望你多培育出好品种,为农业生产做出更大的贡献!"

中原大地上的小麦育种专家雷振生:1962年出生,中国农业大学博士。现为河南省农科院研究员,小麦研究所丰产优质育种室主任,河南省农科院学术委员会委员,河南省小麦研究会常务理事。曾多次赴国际著名研究机构墨西哥玉米小麦改良中心、澳大利亚联邦科学院等单位进行国际合作研究。1996年获中国农学会"青年科技奖";2002年获河南青年"五四"奖章和"河南省优秀青年新闻人物"称号;2002年入选"百千万人才工程"国家级人选。

雷振生1985年开始从事小麦育种工作。自"八五"以来,曾先后主持国家及河南省重大科研项目共20余项,其中于1999年主持农业部"跨越计划"的首批项目"豫麦47面包强筋小麦生产技术体系试验示范",开创了河南省大面积优质麦生产示范及产业化的先河,并在优质商品麦生产的多个环节实现了突破,产生了广泛而深远的社会影响,获得了显著的社会经济效益。

雷振生共主持和参加育成豫麦13、郑丰3号、豫麦47、豫麦50、太空5号、太空6号、郑麦004、郑麦005等十余个小麦新品种,累计推广面积在600万公顷以上,获省、部级以上科技进步奖六项,其中豫麦 13 获国家科技进步一等奖,豫麦 47、豫麦 50 获河南省科技进步二等奖,对黄淮麦区小麦产量水平的提高及优质麦的产业化作出了一定贡献。

5月1日

庄稼一枝花,全靠肥当家。

——农谚

说起肥料,人们会立即想到氮磷钾。不错,氮素能促进小麦根、茎、叶、蘗等营养器官的生长,并对籽粒蛋白质含量与结构产生重要作用。磷能促进糖分和蛋白质的正常代谢,使小麦早生早发,促进根系和分蘗发生,提高抗逆性,使籽粒饱满和提早成熟。钾在植物体内主要是酶的活化剂,参与许多生理生化反应,对小麦的生长发育有着重要的意义。

还有什么呢?还有碳、氢、氧,还有钙、镁、硫,还有铁、硼、锰、铜、锌、钼、氯……

都对。但是,你知道吗?近年来,土壤营养中最突出的矛盾已经不再是氮磷钾,而是硅。

硅,是被人们长期忽略的土壤元素,今天,已经成为制约小麦丰产增收的关键。资料表明,在山东省鱼台县麦稻轮作区,1995—1998 年,土壤中有效硅含量为 319.7 mg/kg;至 2005 年,土壤中有效硅降至 166.77 mg/kg,十年下降近 50%。

而小麦正是喜硅作物。

硅有利于提高小麦的光合作用;增加小麦对病虫害的抵抗力;使小麦体内通气性增强;抗倒伏;提高抗逆性;减少磷在土壤中的固定;改良土壤,矫正土壤的酸度,提高土壤盐基,促进有机肥分解,抑制土壤病菌……因此,硅被国际土壤界列为继氮磷钾之后的第四大元素肥料。

王登甲从 1998 年开始,致力于硅肥应用研究。鉴于粉状硅肥不便使用,他试图改变它的形态,制成颗粒肥。2006年,他申请立项研制硅钾肥。2008年,王登甲将自己研发的硅钾肥在四个小麦地块进行对照试验,结果施硅区小麦亩产577.1公斤/亩,对照区441.2公斤/亩,每亩增产135.9公斤,增产率30.7%(后效玉米增产19.2%)。在2009年召开的第三届中国肥料业专家年会上被评为"中国肥料业创新人物"。

1958年,浮夸风盛行。小麦单产已经"突破世界记录",有报已达8000斤/亩,有报9000斤/亩。计划亩产15万斤的小麦丰产试验正在进行——深翻土壤,分层施肥,每亩播种1500斤⋯⋯这时的王登甲刚刚进入菏泽农业专科学校学习。这些,是他在校园里听到的。校外,丰产捷报频传,校内,同学们饿得头晕眼花。王登甲身高1.78米,体重只有102斤,曾因重度水肿被送往医院。1960年,他的父亲王尚美在家中活活饿死。从悲痛中清醒过来的王登甲立志好好学习专业技术知识,从根本上提高粮食产量,让全国人民都能够吃饱饭。

1962年,王登甲走出校门,先后就职于山东省邹城市白马河农场、邹城市峰山镇农技站、邹城市匡庄乡农技站、邹城市农业局植保站。邹城市50万亩麦田里,哪儿不曾留下他的脚印?邹城市八百多个村庄里,谁人不曾记得他的身影?

"小麦增产的因素,种子占5%~10%;病虫害防治占10%~20%;肥料占50%以上。我们邹城市的小麦生产正是在农业技术的推广中稳步提高的。"邹城市农业局家属院,71岁的王登甲在家中平静地对我们说。"浮夸风那几年,其实小麦产量仅七八十斤,好的地块一百来斤,最高的二百来斤。而现在普遍亩产八九百斤,风调雨顺顺利超过千斤,我们的丰产试验田最高记录是一千六百多斤。""硅钾肥的研究应用是在退休之后开始的。我没有退休这个概念,只要身体许可,活到老,干到老。现在,我是以科研促养生,你看,搞科研可以叫我动脑、动手、动腿,不比闲着好吗?"

在小麦返青、灌浆、麦黄以及收割期间,我陪王登甲多次到他的试验田去过。这位躬身在麦田里的老人不时被过路的农民认出来,抱住双手喊:"老王啊!你还认得我吗?"王登甲不能够准确地一一叫出他们的名字,面对他们,他像孩子似的撒谎说:"认得认得。"

[王登甲:1938年2月生,山东郓城人,大专毕业,山东省邹城市农业局植保站高级农艺师。主要学术成果:主持或主参13项科研与开发项目,获市、厅级以上奖9项,一项成果被《中国"八五"科学技术成果选》《世界优秀专利技术精选(中国卷)》等书选载;在省级以上学术刊物上发表论文14篇,其中3篇被山东农学会、山东植保学会评为优秀论文,2篇选入《中国科学技术文库》、1篇选入《科教兴国丛书》;参编专著《农药商品大全》。1989年评为农业部植保先进工作者、济宁市科学技术拔尖人才。兼任邹城市农学会副会长兼秘书长。](百度百科)。

5月2日

收多收少在于肥,有收无收在于水。

有肥没有水,庄稼干撅嘴;有肥又有水,庄稼有吃有喝抖神威。

肥是庄稼粮,水是庄稼血。

——农谚

土是本,肥是劲,水是命。

小麦缺不得水。尤其在灌浆期。这个时候,籽粒有了雏形,茎秆里的营养开始向籽粒转移,如果缺水,肯定影响它的传输。在鲁南,春旱是常有的事,所以,浇灌浆水是这片土地上的重要农事。

俺村有一对双眼井,因两个大口井并在一块而得名,先人在打井时肯定在这儿观察了许久,试验了许久,也祈祷了许久。他们的确选准了水脉,这对双眼井从来没有干涸过。它滋养着村里的千亩良田,是我们小学作文时讴歌赞美的对象。

春旱的时候,井沿上安上了抽水机,浇地是排着号的,昼夜不停。前些年电力紧张,停电是经常的,所以浇地也经常被中断,使这一茬水一浇就是十天半月。浇地赶在夜里的人家基本上占半数。记得那些夜晚,我在睡梦中被父亲晃醒,披衣下床,懵懵懂懂地随父亲打了手电出村,走向自家的麦地。将水改进麦垄里,就没有什么事做了。我裹一件夹衣坐在地头上发呆、打盹,父亲就蹲在那里吸烟,烟头在黑暗里闪着红光。一缕浓烟飘过来,呛得我咳嗽几声。偶尔,猫头鹰发出一声凄楚哀婉的叫声,把我吓了一跳。不远处那个一团浓黑的地方,是我们的家族墓地孙家林,那是一片茂密的杂树林子。那里不仅生活着猫头鹰,还有许多不知名的野物。它们有的能连续叫上半夜。有的不知何时突然叫一声,像一句梦呓。我把头别过来,不敢往那个地方看。因为关于那片林子,有许多骇人的传说。在这个黑森森的夜里,我怕真的看到什么,比如一个人影、一团火球、一束亮光,即可把我吓坏。隔一会儿,父亲到地的那头看看水头到了没有,等那头积了一小汪儿水,父亲便麻利地跑过来改垄。浇地其实用不着我干任何事,有一个人看着,只要不走水就行了,父亲叫我来,其实是给他做个伴儿。

双眼井的功能不仅仅是抗旱。点种、喷药时,人们要从这儿取水。晌午口渴难耐时,人们还会用一根绳子将扎成一束的麦秆吊下去,汲上一些水来解渴。对于我们,还有一项功能,就是伏天可以跳进去洗澡。

直到现在,我每次回老家都会到双眼井站一站,伸头看一看水的深浅,听几声青蛙的叫鸣。这几年,双眼井已经失去了它的作用,因为人们在地里打了许多小口机井,建成了低压管灌系统。井边的机房拆掉了,一旁的两棵大杨树也伐走了。只剩下双眼井汪着一片有些混浊的水,像老年人的眼。

5月3日

"亩产八千斤。亩产一万斤。亩产十五万斤。"

"人有多大胆,地有多大产。"

"我国粮食大丰收,地面的仓库都存放不下了,要建立空中仓库才行。"

"放开肚皮吃饭,鼓足干劲生产。"

这样的数字,这样的话至今我们都不相信,都觉得荒唐。

你别说,没准儿,这些都能实现。就像五十年前人们想象不到在冬天能吃上各样时鲜菜蔬;想象不到餐桌上剩下的比吃掉的还多;想象不到可以坐在空调房间里捧着电话一聊半天；想象不到现在柏油路(何止柏油路，而且高速柏油路)比头发还密,汽车满天飞……

从一千斤到一万斤,不就是十倍吗？如今,我们亲眼看到的超过十倍的事儿可是太多太多了。

5月4日

麦苗夹岸穗将作,柳叶笼荫絮已频。

——清·乾隆

前几日,麦穗还能顺利地从麦秆上抽出来。握住麦穗往上轻轻地一提,麦莛儿就伴着剥剥的响动——那是被生生剥离的痛苦的呻吟——慢慢地出来了,越往下部,它的颜色越嫩越浅,最后竟至于白。放进嘴里,它的尾端软软的,甜甜的,有一股鲜气。现在不能了。今天,我试着提起一个麦穗,没有成功。我又使了点劲儿,竟把这棵麦子连根拔起来了。我想,到了这个时候,麦子才在大地上站好、站稳。这个时候,谁也甭想再动它了。

现在,麦子开始灌浆。地下的水分、养料,地上的阳光、暖风,都往麦壳里聚集,使麦粒一天天饱满。

5月5日

籽粒蛋白质和赖氨酸含量、籽粒容量、硬度、吸水率、出粉率、面粉白度、面粉灰度、面筋含量、面筋质量、沉降值、降落值、面团流变学特性和移定时间、烘焙品质和蒸煮品种……一只只游标卡尺,在等着测量它,给它定性、定价。它才不管这些。它只管无拘无束地长,长成什么样就是什么样。

好比一个人,如果从小就瞄准自己是当外交官的,是当科学家的,或者是做大生意的、当医生的、当教师的、当宇航员的、当汽车司机的,然后按着规定的跑道往前跑,不跑偏才怪。

5月6日

今天在田野里走，幸运地看到一只野兔。这是一只刚刚走过幼年的野兔。当时它从地头上慢悠悠地走进麦垄里，它没有发现我，或者说它不知道我已经发现了它。这使我得到安慰。喜鹊呼啦啦飞来飞去，四处寻找着吃物，麻雀在一截用干树枝搭成的篱笆上（那个篱笆上，尚留着干在上面的去年攀绕上去的牵牛花的枝蔓，挂着一粒粒干硬的球状籽壳）跳上跳下，欢欢喜喜的样子。天上有鹊鸟，地里有野兔，使我觉得这片田野基本上还是丰腴的。它好于我的悲观的估计。看来，人的破坏力量远没有那么强大。大地虽无语，它却有一种静默的力量，滋生万物，养育万物，包容万物的力量。人在它的面前，实在算不了什么。

野兔以草、树叶、野菜、地衣为食，冬季吃草根、啃食枝条和幼树的树皮。有的还盗食蔬菜及其幼苗，有资料说它会对农业和林业生产带来危害。但是，它能吃多少呢？成亿万吨好端端的粮食、菜蔬、果品和肉食都叫人吃了（不光吃，还糟蹋），人吃饱之后又做了多少有益于环境、生态，有益于人类的好事呢？

我觉得，一个连野兔都养不住的田野才是真正荒凉的、贫瘠的。

以前，地里野兔很多，成为换季时人们捕猎的对象。俺村里有一个铁匠，常常在清晨捏着他自制的猎枪到菜地里打兔子，一趟，两趟，他在菜地里逛荡着，时而蹲下身子从菜垄里望过去，稍有响动，他就会端起猎枪做好准备，待发现目标，"嗵——"一股白烟从枪口飘出，准打中了——他的枪法很好。兔子中弹之后还会一阵快跑，他拎着长枪疾步猛追。不一会儿，气喘吁吁的他抓住兔子的后腿将它提起来，前后左右一遍遍地端详，像欣赏自己刚刚打制完工的一件满意的铁器。

我经常到山区的十八盘林场小住。好几次，我和护林员韩发民在山里用细铁丝下套子套野兔，却一无所获。去年的一个冬夜，我们一行十一人，每人握着一只长筒手电，开着两辆越野车，牵着六条细狗，在邹城、曲阜、泗水三县市交界的田野里忙活多半夜，从枯草和树丛里轰起几只惊慌的野兔，弄得人狗疲惫，但一只也没逮住。

5月7日

"硕鼠硕鼠,无食我麦!"

——《诗经·国风》

今天去东部山区采访。出了城,沿途皆丘陵。地块散乱、零碎。在一个缓坡上,有许多碎块似的麦田,大的有农村的猪圈那么大,小的像一只锅盖一样小。一个一路上没有说话的同事指着一块麦田对大家说:"看看吧,这样的一小片麦子,被某些人一口就吃到肚里去了。"说着,他还把左右手的虎口对在一起,对成了一个"口"字。

5月8日

布谷鸟来了。

我清晰地记得,在邹城,布谷鸟每年的5月8日准来,不早不晚,有三年了。

清晨刚刚醒来,就听到布谷的第一声鸣叫,起身后我就到麦地里去了。我想在麦地里听一听布谷——"布谷布谷""布谷布谷"……布谷叫起来,像鼓点似的,急急切切,不舍昼夜。小麦是在布谷的叫声中成熟的。我觉得布谷与麦子似乎有一种血肉相连的不可分离的关系。

["布谷又叫杜鹃,体长约320毫米,翅长约210毫米。雄鸟上体暗灰色;两翅暗褐,翅缘白而杂以褐斑;尾黑,先端缀白;中央尾羽沿着羽干的两侧有白色细点;颏、喉、上胸及头和颈等的两侧均浅灰色,下体余部白色,杂以黑褐色横斑。雌雄外形相似,但雌鸟上体灰色沾褐,胸呈棕色。"](百度百科)

布谷性孤独,常常独来独往,繁殖期亦不成对生活。所以既使在麦黄时节,我们也看不到成群成群的布谷鸟,它常在晨间鸣叫,连续鸣叫半小时方稍停息。它性懦怯,常隐伏在树叶间。平时我们仅听到它的鸣声,很少见到它的形貌,只远远地看到它飞翔的身影。布谷飞行急速,一般循直线前进,在停落前,常滑翔一段距离。它取食鳞翅目幼虫、松尺蠖、松毛虫、甲虫、蜘蛛、螺类等。食量大,对消除害虫起相当作用。

因此，我对布谷又多了几分敬重和喜爱。

5月9日

喜鹊是小麦的朋友。

在广阔的华北大平原上，哪一块麦田里没有喜鹊呢？

喜鹊分为灰喜鹊和花喜鹊。麦地里最多的是花喜鹊。说是花喜鹊，其实它的身上只有两种颜色：黑和白。腹部、翅根和翅梢是白的，其余的地方是黑的。黑的地方墨黑，白的地方雪白，白的地方好象是从整个黑色中硬挖出来的大斑，白得那么醒目，那么理直气壮。我疑惑不远处那众多的烟囱里漫出来的烟尘，附近小河里流淌着的污水怎么没有把它身上那雪白的地方熏灰染黑。我家里养的一只漂白的长毛狗，只要走出家门，回来的时候，女儿就不让它上沙发了，它就成脏的了，而终日生活在野外的喜鹊怎么就没有弄脏？是污染尚不够严重，还是它的身上有一种什么东西能够有效地抵挡和拒绝脏污？

喜鹊是杂食动物。它捕食蝗虫、蝼蛄、地老虎、金龟甲、蛾类幼虫以及蜗牛、蛙类等小型动物，也吃瓜果、谷物、植物种子等。在它的食物结构中，80%以上都是危害农作物的昆虫，15%是谷类和杂草的种子。因而它是地地道道的益虫，是麦田里的卫士（该物种已被列入国家林业局2000年8月1日发布的《国家保护的有益的或者有重要经济、科学研究价值的陆生野生动物名录》）。

喜鹊的叫声清脆、响亮。嘎——嘎——嘎嘎——，像两块金属猛烈的撞击声。这样的声音会让人想到洁净的田野和晴朗的天空。

麦苗返青之后，我经常半天半天地在麦田里走，嗅着麦苗的清香，听着喜鹊嘎嘎的叫鸣。

我是在一个被污染的河湾处遇上那只喜鹊的。当时我顺着堤路向前走，一边看着苦菜和地黄开出的黄的、白的、红的花朵，它在小河的那边，从一棵杨树飞到另一棵杨树，跟着我往前走。后来我走进了麦地。让我惊讶的是它还在跟着我。我走的是麦地中间的一条小路，麦地的左边是一溜水泥杆擎着的电线，右边是一排杨树长在拐过来的河堤上，那只喜鹊就忽儿从东边的电线上斜着飞到西边的杨树上，接着又从西边的杨树上斜着飞到东边的电线上。大概它单飞的距离总有一个限，所以它飞一阵儿总得找个歇脚的地方。在每次经过我头顶的时候，它都嘎嘎地叫上几声，我不知道它是向我说出一个预言还是向我祈福。这样直到它陪着我穿越了一块几百亩之广的麦地。我是穿着一件蜡染的 T 恤走到地里去的，最初大约是我身上的这个图案吸引了它。不过我想能够吸引它的原因也许是这么两条：它把我当作同类，引起了它的兴趣；它把我当成异类，感到了惊惧和威胁。

在我走出那片麦地准备返回的时候，那只喜鹊声形俱隐，不见了踪迹。

5月10日

麦田怪圈。在麦田创作的巨幅图画。超乎人类想象的行为艺术。

几何图案、宇宙星系图、混沌数学图、古文字、花形、哑铃状、新月状、车轮状、汽车状、钥匙状、箱子状、蜘蛛网、长尾蝎子、水母、蜜蜂、蝴蝶、凤凰涅槃、肝炎病菌、人形……

300 多年来，几千个麦田怪圈出现在亚洲、欧洲、北美、南美、澳洲的 26 个国家，图案越来越大，越来越精致，寓意越来越深刻，越来越令人费解。

出现麦田怪圈最多的地方是英国南部的威尔特郡，那儿刚好靠近上古文明遗址——建造于 3000 年前的巨石阵，有说麦田怪圈与巨石阵之间隐含着神秘的联系，二者在传达着同样的信息。

其成因到底是什么？磁场？龙卷风？外星生命体？UFO？微波能量效应？气旋？闪电？高频辐射？等离子体？动物？人为？

似乎都有可能。但是，其形成之迅速，图案之规则、对称，比例之精准以及包含的启示性寓意，明显的来自于超常智慧和心灵感应。

我所困惑的是：一、它们为何偏偏钟情于麦田（美国的豆田、英国的玉米地、俄罗斯的葵田和荞麦地里也曾偶然出现过类似的怪圈，但绝大多数还是出现在麦地里)? 二、被某种力量按顺序压倒的麦子仍然可以横向生长,而且产量会增加40%,这些伏地的麦子被注入了什么元素而改变了它的生命密码,激发了它的机体活力?

我的家乡——广袤的华北大平原上,春夏之交,油绿的麦田坦荡如砥,一眼望不到边,最适合"创作"这样的大型作品。但时至今日,怪圈却不肯光顾。在世界主要国家中,只有中国和南非没有发现过麦田怪圈。

5月11日

"愿这地长蒺藜代替麦子,长恶草代替大麦。"

——《圣经·约伯记》

"及至人睡觉的时候,有仇敌来,将稗子撒在麦子里就走了。"

——《圣经·马太福音》

小麦锈病、白粉病、赤霉病、全蚀病、纹枯病、蠕孢根腐病、霜霉病、散黑穗病、秆黑粉病、腥黑穗病、丛矮病、黄矮病、粒线虫病、胞囊线虫病、红矮病……人们基本上掌握了它们的发病规律和防治方法。但是,"旧病未除,新病又来。"我们的现有经验还不足以防治Ug99。

Ug99是一种什么病?

它是小麦锈病的一种。小麦锈病有条锈、叶锈和秆锈三种,Ug99即是秆锈病的一个新小种。

秆锈病曾经是小麦的主要病害。上世纪30—60年代,肆虐北美、欧洲、澳大利亚等地,也曾是我国东北春麦区的流行病害。该病可使小麦减产30%~50%,严重时可造成绝产。后来,科学家们先后研制出敌酸钠、敌锈钠、氟钡制剂、氨基碘酸钙、氟硅脲、萎锈灵、灭菌丹、代森锌、三唑酮(粉锈宁)、特谱唑(速保利)等有效农药,使该病逐步降为小麦次生病害。

中国农业科学院作物所研究员、博士生导师、国际玉米小麦改良中心中国办事处主任何中虎说:Ug99可能使以往的所有研究成果化为乌有。因为当今世界 90%的小麦品种不具有对 Ug99 的抗病性。

Ug99 的主要传播体——夏孢子的传染性强、传播距离远。它个体很轻,不仅能通过植株就近扩散,还能借助风力高空远距离传播。甚至还可以粘在国际旅客的衣服或行李上"周游列国"。Ug99 的传播方式,决定了它终将到达世界各个小麦产区,也许一场大风就会把它带到我们身边。Ug99 目前已经借助风力从东非的乌干达、肯尼亚、埃塞俄比亚跨过红海登陆亚洲的伊朗,严重威胁巴基斯坦、印度、中国等世界"粮仓"。

小麦之癌,如大敌当前。

兵临城下,我们何以应对?

2005 年 9 月,国际玉米小麦品种改良中心及国际干旱农业研究中心联合成立了国际锈病协作网,来自 30 多个国家的 80 多名科学家参加。全球最大的一笔研究资金来自美国比尔和梅琳达盖茨基金会,该基金会投入 2680 万美元资助此项研究,我国也参与了这一项目。何中虎介绍说:我国的研究正从如下四个方面展开:从我国的小麦品种中,检测、筛选出具有抗病性的品种;利用世界各国发现的抗 Ug99 品种的抗病基因做分子标记,开展育种工作;摸清我国秆锈病的发病历史及现状;对防治 Ug99 的农药使用开展研究。

5 月 12 日

没事的时候,请你观察一下小麦的生长形态。看看它的叶片如何伸展,想象它的侧根往哪儿生发。你看一个饱满的麦穗多么有序,一丛细长的麦芒多么整齐。哪像人似的——争啊、挤啊、抢啊,见了好处就一窝蜂地扎堆。

我们的确应该从大丽菊繁复的花瓣、车前草错落有致的叶片、等距静卧的莲子、向日葵紧密的葵盘、还有蜂巢、雁阵、蚁队学习秩序,从一只静伏在草尖上的蜻蜓、蝴蝶,默立在山岩上的雀鹰、数日纹丝不动的乌龟和贴在墙上一言不发的蜗牛学习智慧。

5月13日

今天到麦地里去,发现麦田已经褪去了那层深绿。这段时间,越来越热的太阳一遍一遍地在它上面抹呀抹呀,终于给它涂上了一层浅黄。走到麦地里,看到麦穗已经十分硕大。"楝子花开吃燎麦"。这几日,楝子花开得正盛,麦子肯定可以吃了。我摘下一枚麦穗,把双手对在一起搓,搓下带壳的麦粒儿,然后把麦壳吹走,手心里就剩下一堆儿鲜嫩饱满的麦粒了。

小麦,你好!

5月14日

假如我是一只昆虫——什么昆虫呢?反正不是麦蚜、叶蜂、潜叶蝇,也不是黏虫、吸浆虫、金针虫、更不是蛴螬、蝼蛄、灰飞虱、油葫芦。就叫夏青虫吧,或者干脆就叫麦虫。我一生下来就在麦田里,满眼都是碧色的麦叶和青青的麦穗。白天,我伏在宽阔的麦叶上唱歌,我唱的什么歌没有人知道。晚上,我在麦秆上方无关紧要的地方打一个洞,钻进空空的阔阔的凉凉的半透明的麦莛里睡觉。饿了,我就选一粒麦子,大口大口地吃,我吃不多少,到麦子成熟,一粒就够了。我按着一粒吃,不糟蹋其他的。我也不往地下去伤麦子的根。我尽力地把自己伪装好,免得人们把我认出来当作害虫杀掉。到收割的时候,我就变成一只蝶,飞走。

5月15日

"今夫麰麦,播种而耰之,其地同,树之时又同,浡然而生,至于日至之时,皆孰矣。虽有不同,则地有肥硗,雨露之养、人事之不齐也。"

——《孟子·告子上》

在条件差一些的地块里,总有一片片早熟的麦子,在一片绿色中透露土黄,像阳光躲过云朵洒下的光斑。它们把这块地的地貌、地况清晰地反映出来。

5月16日

麦穗上紧紧收束在一起的芒刺渐渐向四处炸开，像个刺猬，麦子就接近成熟了。

5月17日

"去年到郡日，麦穗黄离离"

———白居易

麦子黄稍之后，它什么时候彻底熟透，就很难把握了，大概它只等着从远方吹来的一阵热风。

5月18日

他给我的两个特殊的印象一是腰里别着一把和一个黑色的烟包子拴在一起的铜锅旱烟杆儿，他说烟包子里装着黄烟疙瘩子。另一件是我见他的这两次他都特别健谈。他的话方言中夹带着疙疙瘩瘩的官方用语。特别沉湎于回忆，重复地说着他青年时代表演的一个叫《四个老汉学毛选》的节目。而印象中他一贯是沉默的，一二十年中，我们见面一般不说话，他如果是做着活，听见有人来，抬头看一看，接下又是做活。

几年前，我回老家的时候，曾经把他叫到一座田间小屋的屋后根，做了一项调查：孙善龙，48 岁，健康状况：残（左腿装有塑料假肢）。家庭人口：四口（他、父、母、养女），种地三亩。从秋季算起，耕地，需 60 元。施肥，需 300 元。麦种及拌种农药需 100 元（90 元+10 元）。小麦生长期间需浇四遍水，每遍水需 105 元，四遍共 420 元。防治蚜虫、蠓虫、红蜘蛛，打药一遍，需 30 元。联合收割机收割需 120 元。三亩小麦成本（不计劳动力价值）需 1030 元。今年春天小麦遭寒流袭击，最近又旱，将大幅减产，乐观估计产量可达每亩 500 斤，三亩收 1500 斤，去除公粮每人 250 斤，共 750 斤，余粮 750 斤。按现行价格每斤 0.5 元计算，折合人民币 375 元。减去成本，净收入−655 元。麦收后种玉米，购买优质良种，需 14

斤,每斤4.4元,需61.6元。种子拌肥10斤,需12元。追肥需300元。水两遍,需210元。喷药防治蚜虫,需20元。总成本603.6元。收获按历年平均产量每亩1000斤,共收玉米3000斤,除公粮600斤,余粮2400斤,按每斤0.5元计,可得款1200元。减成本603.6元,净收入596.4元。全年净收入-655+596.4=-58.6元。

而就在当天,村里下发一个盖着鲜红印章的"农民负担监督卡",上面印着"按照本村人均收入2633元……"

5月19日

我和父亲一早就上路了。父亲说,大热的天,趁凉快。

地排车上装了千把斤麦子。父亲驾辕,我拉偏绠。我们去镇粮所交公粮。

到粮所的时候,才知道别人比我们来的更早,几个长队都排到了大门口,一片嘈杂。我们找到村里的队伍,把车子抵到队尾。维持秩序的说,不能用车子排,车子太占地方,叫卸下来,用袋子排。六口人的公粮,一千二百斤,分装在14个化肥袋子里。父亲把沉甸甸的袋子从车厢里搬出来,站着放了八个,把其余的六个横着摞在了上面。随着队伍向前蠕动,父亲一点点朝前搬着袋子。进行的很慢,因为得验质量,主要是看水分和杂质,还得把过完磅的麦子倒到一个用白灰刷得剔光溜滑的圆形仓库里。袋子不知被我们挪动了多少回。后来,父亲有些累了,我就跟父亲两人一袋袋地往前架。父亲说,交完公粮,去街里吃杂烩,再买几个徐家的大烧饼。我轻声说行。

中间有两个"夹楔子"的,可能跟粮所的什么人有亲戚,叫一个工作人员领着一直把麦子拉到最前边,麦子也没验就过秤了。大家小声地骂了一阵子。

眼看晌午了,毒毒的日头晒得头上冒出汗珠。终于排到了。

我和父亲将两袋麦子架到地磅上,工作人员并不放砝,他先叫我们把袋子解开,把手伸到袋子中部,麦子一直没到他的胳膊肘。他把手拔出来,手里攥住了一大把麦子,张开手看了,干干净净,没有杂质。另一袋也是。但在他看第二袋的时候,把手里的麦子张开合上,合上又张开,似乎发现了问题。他从桌子上拿起一个攘子似的东西,往其他袋子上戳了几下,那个"攘子"是中空的,中间有槽,伸出的时候,可以把袋子里的麦子带出来。他把从铁槽里抽出来的麦子倒进一个浅浅的白铁托盘里,反复捏着铁盘里的麦子,还扔到嘴里几粒,嚼了嚼,说:不行,湿。

父亲陪着笑脸,说了一些好话,但是不行。还掏出纸烟让他,但他不接,一个劲地摆手,叫我们离开,因为后边还排着长队呢。

粮所里有准备的专门晒麦子的地方,是一片用水泥打出的平地。已经有几户在这里把麦子摊开,场地快摊满了。我和父亲一袋袋把麦子倒出来,用脚和手摊平。我看着麦子,父亲到"粮所饭店"买了几个馒头(杂烩吃不成了),我们坐在树荫里吃着,一句话没有。馒头干硬干硬的,咬一口一个白印儿(大概是隔夜的),没有水,噎得父亲直打嗝。

太阳偏西的时候,父亲把工作人员喊来,叫他验验麦子,那人抓一把麦子,用手搦了搦,撒到地上,又捏几粒扔进嘴里,咯蹦,他把麦子嚼碎,又吐出来,说:行了。

我们将麦子重新灌进袋子,还得排队。排队的人说他们也来半天了,不叫我们在他们前头。

我们的麦子过完秤,过秤的人给开了一个条子,然后啪地砸了一个紫红色的章。父亲接过条子,仔细地放在裤子口袋里,接着把麦子扛起来,往仓库里走。这时麦子已经堆得小山一样高。"山坡"上斜放着一条细长的木板梯子,现在得登到梯子顶端,将麦子倒出来。14 个袋子,我扛了一袋(差点歪倒在木梯上),父亲扛了 13 袋。父亲将 14 个空袋子对折在一起,用一条尼龙绳扎了,扔在地排车上,说:"完个心事。"

这时,天就黑了。

回去的路总是轻松的。在路上碰到的,多是交公粮回来的人,说说笑笑,或发着怨言。声音在夏夜的乡路上分外地响。不时有套毛驴的地排车,伴着嗒嗒的蹄声越过我们。

到家的时候,弟弟妹妹都睡了。母亲没睡。母亲已经炖好了半锅土豆,坐在院子里等着我们。父亲撂下地排车,向母亲述说交公粮的过程。我吃了晚饭就脱衣上床了。我累了,也困了。我睡的时候,父亲还坐在凳子上抽着烟,一边唉唉地叹着气。

那一年,我大约 17 岁。

5 月 20 日

公粮即农业税。老百姓称为"皇粮国税"。两千多年来,正是这种"皇粮国税"维持着国家机器的运转,维护着政权统治。

中国历史上有记载的农业税收为春秋时期鲁国实行的"初税亩"。汉代叫"租赋"。唐朝称"租庸调"。国民政府时期叫"田赋"。1949 年中华人民共和国成立后,也未停止征收农业税。中国是传统的农业国,国库收入主要来自农业税。

随着工商业的发展和改革开放的深入,国家的财政收入结构发生了重大变化,农业税所占比例已大幅下降。1950 年,农业税占当时财政收入的 39%;1979 年,下降到 5.5%;2004 年,仅占 1%。

2005 年 12 月,十届全国人大常委会第十九次会议通过决定,自 2006 年 1 月 1 日起废止《农业税条例》。

5 月 21 日

祖祖辈辈都在这块土地上种麦子,但一年到头,却吃不上几顿用麦子做成的汤面,平时吃的多是用玉米、地瓜做成的粗粮。80 年代初,我在镇上读高中,背到学校去的干粮即是地瓜面加上少许玉米面做成的煎饼。一年四季都吃这个。毕业考试前夕,母亲背着父亲给我装上几斤麦子,让我增加些营养。我用麦子在镇上换了二斤馒头,在路上就吃了一个。回到学校,我把馒头用包袱严严实实地裹好,放在箱子底部,打算先把煎饼吃完,再吃馒头。四五天之后,我打开馒头,只见馒头上个个长了黑黄相间的醭子,并生出一层细密的绒毛,掰开一个,里面扯着黏丝。这下可叫我傻了眼。傻眼也没用,只好扔掉。

整个国家都穷,弄不够吃的。因为不够,所以限量。那时候非农业户口都有一个粮本,上面严格地标注着每月的粮食(细粮、粗粮、食油)供应量,持粮本到指定的粮站购买。出发到外地买饭光有钱不行,还必须有粮票,一两是一两,一斤是一斤。百姓购粮要有购粮证,按照购粮证上的数额购买,不得超限。粮食流通是被禁止的,属于投机倒把,逮住是要被批斗游街的。

……"70年"以后的青少年,没有这样的体验和记忆。对现在的孩童来说,这些更像是天方夜谭。

5月22日

"卖麦穗儿,鲜麦穗。"

"还有卖麦穗的?"

卖麦穗的是一个老汉,他穿一身黑色的衣服,上身敞着怀,露出有点肮脏的白色的汗衫,戴一顶浅黄色的草帽。他像一只刚从田野里飞过来的花喜鹊,嘴里衔着鲜绿的麦穗儿。他的麦穗放在三轮车的后箱里,麦穗被一把把地捆好,整齐地码放在车箱的一角,旁边还有一个塑料编织袋,看来麦穗是刚从那个编织袋里倒出来的,往外倒的时候,还有一些麦粒脱落到车箱里。

一下子围上来几个人。一个老太太正仔细地拣选着麦穗,她左手提着带叶的莴苣和编好的新蒜,长了老年斑的右手攥住了五六把麦穗。我能想象得到中午放学的时候,她的几个孙子孙女或者外孙外孙女见到麦穗时的惊喜和剥食麦粒时的憨稚模样。一个裹了一身化妆品气味的少妇随便摸了一把,付了钱,匆匆地走了。大概她这会儿要去赶班,没时间在这儿逗留,买把麦穗带到单位里,让同事们尝尝鲜。一个老者看去和卖麦穗的老汉年纪相仿,不过他凸腹、败顶,皮肤白嫩、松弛,看得出是个领退休金的。他没有买麦穗,只是长久地在这儿看,不时问老汉一些事情,比如麦子的长势,今年的收成,农民的收入,后来又问老汉是哪个村的,老汉一边收钱找钱,一边告诉他是前南宫村的。

我把买来的两把麦穗放在窗台上。我是想让麻雀吃。我家的楼顶上住着一群麻雀,它们的巢建在楼顶的半截烟囱里。每天早晨,我还没有醒来,它们就已经醒了,在房檐下叽叽喳喳,开会似的。约半小时,它们陆续离去,忙活自己的营生。我想让这群麻雀们尝尝鲜,同时叫它们为了食物少跑一些路,多歇一会儿。我在书房里看书,等着麻雀来啄食麦穗儿。如果麦穗被麻雀们呼朋引伴、哄抢一空,那是我最希望看到的景象。麻雀们来过,有的从窗前飞掠过去,有的在从楼顶垂下来的一截电线上打秋千,但它们都没有发现麦穗。我有些失望。继而又想这些麻雀也许根本就不认识麦穗。它们的活动半径不会太大,它们以这个居民区里的残米剩饭或楼后林子里的树种草籽为食,它们从生下来到现在压根儿就没有出过城。它们怎么会认识麦穗呢?

下午,我骑自行车出城前往前南宫村。二十分钟后,我就到了前南宫村的麦田里。这时,整个麦田青绿中透着微黄,麦子正在将熟未熟之间,不少农民在田里拽着长长的塑料管给麦子浇最后一遍水,还有的在麦垄里点种玉米。前南宫是个行政村名,它是南宫村的一部分,南宫分为前南宫、中南宫、后南宫三个行政村。南宫村建于唐朝,因村东有孔子弟子南宫适的墓而得名。据地方志介绍,南宫适墓属市级重点文物保护单位。我想正好借机拜谒一下,但在田里问了几个人,都不知道此事,后来又问一个老者,他也摇头。我顺麦田中间的小路来回走了几趟,没有发现任何古墓的迹象,南宫适墓现在已经没有一点标记,比如几棵古柏,一座土冢,没有。我只是在田里看到几座村人的坟墓,它们隐在摇曳的麦丛里,坟堆上开着一丛丛苦菜花。

我走进村里。村子规划得很整齐,房子建得很好,路面也已被硬化。路上走着几个少妇,骑摩托车或者电动车。一个老汉在院子里干活儿,正将手机捂在耳朵上大声地和对方讲话。几个老太太在街上闲坐, 小声地谈论着家长里短……这是一个比较富裕的村子。我没有碰到那个在早市上卖麦穗的老汉。其实我也并不想刻意碰上他。我到前南宫村来,是为了他,又不是为了他。我不想知道具体哪一座房屋是他的家,也不想知道他的其他情况。我只是想,一个老人,究竟为什么早早地起来,推着自己的三轮车,带一把镰刀走进地里,刷刷地割下嫩绿的带露的麦穗,然后小心地扎好,来到城里售卖,像领着自己打扮一新的未成年的外孙女进城赶会一般，像带着自家出产的最好的土产品进城走亲戚一般。

出了村子，我又走进麦地，几只喜鹊在头顶上嘎嘎叫着飞来飞去。还有布谷，从远方一掠而过，留下清晰的叫鸣："布谷布谷，布谷布谷。"布谷是人们夏日生活的背景音乐，人们在布谷声中割麦扬场，吃散发着新麦醇香的馍，在树下的荫凉里打瞌睡。在这样的背景中，人们活干得下劲，汗出得舒畅，呼噜打得均匀，梦做得甜美。

5月23日

镰刀是专为麦子准备的。

它不像铁锨，既用它翻地，也用它铲土，还用它挖山药沟萝卜窖，还用它出粪、改水。镰刀不是。镰刀的职责和使命就是割麦子。

麦子熟了镰刀是有感觉的。它闲了一年。它知道时候到了。它被挂在墙壁的铁钉上，这时候不知为什么它突然涌进主人的眼帘，在主人眼中醒目起来。主人将它取下来，放在院子里的大磨石旁边，舀了一瓢水，蘸着月光磨起来，霍霍霍。正着磨完反着磨。磨到什么时候为止呢？得试试。主人将大拇指伸出来，用手指肚在镰刃上触了触，快不快主人就知道了。试的准不准呢？第二天再说。第二天，镰刀首先接触的并不是麦子。麦子离的还远。主人拎着镰刀下地，从家里到地里有一段距离，这段路的两旁有的是齐腰高的黄蒿、苍耳、鬼针草、蓖麻、野茼、曼陀罗，还有攀在灌木上的拉拉秧，匍匐在地上的绞股蓝，这正好可以试试镰刃。于是，黄蒿、苍耳、鬼针草、蓖麻、野茼、曼陀罗被拦腰削断，拉拉秧、绞股蓝被碎尸万段。在做这些的时候，镰刀没有发出一点声音，主人觉得行了，镰刀叫他磨好了，到了地里，割麦子是没问题的了。

在镰刀意犹未尽的时候，麦子割完了。镰刀重新回到墙上，等着灰尘做它的衣裳，铁锈在它身上安家，蜘蛛在它身上结网。

5月24日

"高田种小麦，穟穄不成穗；男儿在他乡，那得不憔悴。"

——北魏民歌

今天，第一个看到收割小麦的人，山区，岭地。割麦用的是镰刀，矮小的麦捆装在一辆机动三轮车上。我经过那里的时候，麦子早已割完了，割麦的人正与别人轻闲地说话，大概在议论着麦子的好坏，看样子并不急着回家。许多年来，人们收麦的时候，如果摊上坏年成，倒显得轻松随意，而遇上丰年，人们却心急火燎地穿梭在田野与村庄之间，相互见了面顾不上说话，甚至连饭也顾不上吃。

5月25日

"你的肚脐如圆杯，不缺调和的酒。你的腰如一堆麦子，周围有百合花。"

——《圣经·雅歌》

割麦子的是个妇女，戴着套袖，这会儿正弓腰割麦，刷刷刷。还是山区，还是岭地。她的身后，已横着几十个麦捆。而她旁边的另一块地里，则丢了满地的麦捆。显然，那户人家来得很早，他们大约来了几个人，几个割麦子很快的人。他们呼哧呼哧比赛似的一气儿把这块地割完，这会儿，他们已经坐在家里舒舒服服地吃早饭了。吃过早饭，他们再拾掇车辆，将麦子运到打麦场上去。麦地里还留着两小片不规则的麦子。这两片麦子还有点青。不知道为什么一块地里的麦子就这两小片青。看地势这儿并不低洼，也许这下面有较旺的水脉。午后他们来拉麦子的时候，说不定会带一张镰来，把它们全部割掉。麦熟一晌。如果太阳不是特别毒烈，麦子熟不了，他们也可能不割，让麦子再生长三天五天。

他们看见这两片麦子，就会在心里产生些厌烦，嫌它们不好。其实它们才是些顶好的麦子。

5月26日

临近收获的时候，人们差不多每天傍晚都到麦地里来，在地头上站一站，看一看，有时候时间长一些，有时候短一些，遇上另一个来地里看麦子的人，就相互扯一扯，有时候说得哈哈大笑，有时候说得沉默不语。这和小麦刚刚从地里顶出嫩苗的时候是一样的。

这有些像对待一个人。人们对待一个新生的婴儿或者一个将要离去的老者大抵上也是如此，从得到消息的第一天起基本上每天都要来看看他(她)，还有的简直就是寸步不离。在人们心里，既存着一份希望，也搁着一份担心。

傍晚，我从地里回来的时候，发现有人将一车熟成淡黄色的麦捆码在村口的水泥路旁。一阵樗树的清香从暗处飘来。

5月27日

"他使你境内平安，用上好的麦子使你满足。"

——《圣经·诗篇》

这几天，每天都能看到收割小麦的人，他们割的多是岭地、旱地上长得不好的小麦。被誉为"粮仓"的平原上的小麦还需要 7~10 天收割。

先期成熟的往往是不太成熟的。而真正成熟的从来都是从容的，大度的，它们缓慢却有力地走过来，结结实实地和种田人拥抱。

6月1日

"腰镰刈熟趁晴归，明早雨来麦粘泥"

——南宋·范成大

我在散文《我们的田园》里面曾经这样描写过农村收麦时的场景："五月，大田里的麦子像一块糕饼被烘烤得焦酥诱人，这个时候，就来了一群'吃客'，他们沿着糕饼的四周一口一口地撕咬，吞噬，那吃得快的，已经深入到糕饼的腹部，就要把这块糕饼切离，那稍微慢一点的，就拼命地往前赶。每天傍晚，这块大糕饼都比前一天少了许多，闪着一个豁豁牙牙的毛边儿，等着缓过劲儿来的人再来吃它。没用几天，这块糕饼就被吃光了。麦子收完了，留下高矮不齐的刺眼的麦茬儿，就像人们急匆匆地啃吃糕饼时掉下的碎屑……"

那是写的用镰刀割麦时的场面。现在割麦多用联合收割机，收割机过去，机尾直接吐出麦粒。这几天到地里去，就发现这儿一块，那儿一块，都用收割机收完了，被收割机打碎的麦秸落在麦垄里。我想，该怎么比喻这个用收割机割麦的现象呢？这就好像一个刚刚学习理发的学徒突然逮住了一个愿意（或者无奈地）被他当作试验品练习的头颅，他手里握着电动推剪，随意选准一个地方，唦啦啦就是一道子。他并不是挨着剪，一小片一小片地剃完满头的头发，而是这儿一道那儿一道，全凭他的兴趣和感觉，直到最后，他一点点把落下的竖发剪完，如释重负般地扔下了剪刀。

平原上已经出现不少突突蠕动的收割机，大规模的麦收开始了。现在的麦收季节不是特别忙碌。

6月2日

事情酝酿很久了，到了跟前却没有办成。这件事就是麦收期间到地里割一天麦子。几天前和亲戚说起这件事的时候，亲戚说，山岭薄地几块巴掌大的麦子一早一晚都割完了，大田里的麦子等着用收割机。要不给你留一片儿？

让他们专门为我留一片，叫我像演戏一样去割麦子，又不是我的初衷。

下午，骑自行车去南宫村。南宫村麦收刚刚开始，公路上铺满人们收割的带穗的麦棵，借过路的车辆给轧碎，旁边有一溜溜扬净的麦粒，麦粒黄里透红，像农夫健康的脸膛。这些都是被人们提前割回来的小地块的麦子，而连成一片的大田的麦子才刚刚开始收割。路旁的一块麦田里，一辆收割机刚割出地头，正调好方向准备向麦田深处"进军"。麦地里有几行间种的桃树，桃树有半人高，为防止桃树被收割机"吃掉"，麦田的主人———一个四十来岁的中年人在收割机前面不住地将小桃树扳离麦垄，等收割机过去，又去扳离更前面的桃树。他在收割机一旁慌慌张张，躲躲闪闪，既怕机械伤了桃树，又怕机械伤了自身。

这也许就是为了节省时间和力气付出的代价吧?!

原来割麦子可不是这样。原来割麦用的是镰刀和力气。刷刷刷,铁镰刀割断麦秆的声音清脆而欢快。几把麦子就打成一个麦捆儿,麦捆儿几步一个,横在地里,麦子割到头,回头一看,非常壮观。割麦的时候,有时会惊起一只只野兔,野兔无处藏身,就顺着水沟疾跑,一直跑出人们的视程。如果细心,还会看到一些精心搭在麦垄里的鸟窝。窝用无数的枯叶做成,柔软、精巧。鸟窝里多数都有鸟蛋,三枚,或者五枚,鸟蛋上网着细密繁复的花纹。鸟窝连同鸟蛋被小孩子用稚嫩的手端起,拿到地头上玩耍,大人并不呵斥,因为大人知道,即使没人动它,鸟妈妈也不会再来了,割去麦子的地使它不熟悉了,不认识了。

整个麦收季节,家家都在地里忙活,渴了就在地里喝,饿了就在地里吃,水和饭是早晨连同镰刀和草帽一起带来的。累了,就坐在麦捆上休息,和地里的邻居开开玩笑,扯扯闲篇。白居易有一首诗,叫《观刈麦》,写出了五月麦田里的景象:"田家少闲时,五月人倍忙。夜来南风起,小麦覆垄黄。妇姑荷箪食,童稚携壶浆,相随饷田去,丁壮在南冈。足蒸暑土气,背灼炎天光,力尽不知热,但惜夏日长……"那时的麦收苦是苦些,累是累些,但麦收过后人们从打麦场上扛起一袋袋麦子回家的时候会异常兴奋,人们从竹笼里摸起一个个烫手的新馍大嚼的时候会倍感香甜。

我非常怀念那些用双手来采摘或收割的收获方式,怀念那些用手亲自抓握和抚摸自己劳动果实的欣悦和快感。

比如掰玉米。比如拾棉花。比如刨地瓜。比如割草。

6月3日

原先没有收割机的时候,总有人为麦收发愁。"狐狸"就很发愁。

"狐狸"是人们送给村里一个风骚娘们的绰号。"狐狸"平时好打扮,还抽烟,地里的活不怎么干,总想叫人帮忙。她有男人,但男人更懒,他是个木工,麦忙的时候,就躲到山里给人家干木工活,等麦收差不多结束了才回来。

谁帮"狐狸"割麦呢？——芒种。他爹怎么给他取了这么个名字呢？好像他是专为割麦而生的。芒种是个光棍儿，50多岁了还没娶上媳妇，一整年没有几句话，说出来也是支支吾吾，但就是割麦割得快，也干净，据说村里谁都赶不上他。每年麦收，他割完自家的麦子，就帮"狐狸"割。"狐狸"自己不割，但也带着镰刀下地，她割割地头，打打腰子，陪芒种说说话，再不就回村里给芒种提开水。麦收请人帮忙，一般是要好酒好菜招待的，可"狐狸"不准备饭。割完麦，芒种骑自行车到镇上买菜，回来后交给"狐狸"，叫"狐狸"做了，他们一块吃。人们分析芒种是想"狐狸"的好事儿，但种种迹象表明，芒种没想上。他永远都想不上。要不然"狐狸"的男人能这么放心地对"狐狸"大撒把吗？村里人都说芒种是憨种，但他自己并不这么认为。

那个时候，电视剧《渴望》还没有拍出来，芒种当然不会知道这样一句歌词："这样执著究竟为什么？"

6月4日

"他们种的是麦子，收的是荆棘，劳劳苦苦，却毫无益处；因耶和华的烈怒，你们必为自己的土产羞愧。"

——《圣经·耶利米书》

我一般不把发生在单位里的事情写进作品的，但是，今天上午，社长周宪益的几句话的确感动了我。在开编辑会的时候，他说，麦收开始了，在对今年麦收的宣传上，大家一定掌握不要使用"今年小麦喜获丰收"等等字样，因为今年春天小麦遭受寒流袭击，前段时间又持续干旱，今年我市小麦大幅度减产。在好大喜功的政界，鲜见这样的话语，我一下子就对这个具有农民式朴素思想的办报人肃然起敬。

6月5日

麻雀这个时候也忙碌起来，它们跳几下，飞一飞，这儿啄几口，那儿啄几口，很快它们就饱了。实际上，它们多数的时候是在玩耍。我从一块麦地经过的时候，正有一只麻雀飞停在地头上一辆破旧自行车的前轮上。这辆自行车的车鞍是暗红色硬塑料做的，后边缺了巴掌大的一块，我想这可能是它的主人经常骑着它走这种坎坷不平的泥路的缘故。车子的后座上，平放着一只竹编的遮阳帽，它的主人正在麦垄里点种玉米。麻雀在那个有坡度的胶轮上挪动着步子，一边在那里理羽毛，休息。我走过时，它并不惧怕，就像一个乍富的穷人对什么都显得无所谓的样子。麻雀这种鸟，不会储存食物，现在遍地都是吃食，可过不几天，它又得寻寻觅觅为填饱肚子而奔波了。其实，正是这种觅食生涯构成它们有滋有味的生活。这种生活方式也许还是它们这个家族繁衍生息的动力之源。

麻雀是北方的留鸟，栖息于居民点和田野附近。白天四处觅食，活动范围在 2.5~3 千米以内。在地面活动时双脚跳跃前进，翅短圆，不耐远飞，鸣声喧噪。主要以谷物为食。也吃人类扔弃的各种食物。当谷物成熟时，多结成大群飞向农田。繁殖期食部分昆虫，并以昆虫育雏，其中多为鳞翅目害虫。繁殖力强。除冬季外，麻雀几乎总处在繁殖期。巢简陋，以草茎、羽毛等构成，多营巢于人类的房屋处，如屋檐、墙洞，有时会占领家燕的窝巢。在野外，多筑巢于树洞中。每窝产卵 4~6 枚。卵灰白色，满布褐色斑点。雌雄轮流孵卵。孵化期 11~12 天。雏鸟没有一根羽毛，全身裸露，一团血色，小时候我们捉到这样的雏鸟竟不敢动手去拿它，北方的孩子们形象地称它们是"血肉娃"，15 天后雏鸟出飞自行寻食。由于繁殖力极强，因此麻雀在数量上较许多种鸟要多，秋季时易形成数百只乃至数千只的大群，称为雀泛，在庄稼收获季节容易形成雀害。因此，它曾经被当作"四害"之一，被人们疯狂剿杀。

1958 年 2 月 12 日，中共中央、国务院发出《关于除四害讲卫生的指示》。提出要在 10 年或更短一些的时间内，完成消灭苍蝇、蚊子、老鼠、麻雀的任务。

对待麻雀，人们采取掏窝、捕打以及敲锣、打鼓、放鞭炮，轰赶得它们既无处藏身，又得不到喘息的机会，累得纷纷坠地而死。使得麻雀大面积地减少，有些地区甚至到了绝种的程度，如四川省，在短短几十年里，这些曾经与人类相伴了数万年的鸟儿出现了大范围的绝迹。一年以后，各地陆续发现园林植物出现虫灾,有些还是毁灭性的。

渐渐的,"麻雀"被平反,由臭虫代替。之后,由于社会生活的变化,臭虫又被蟑螂取代。如今的"四害"已改为:苍蝇、蚊子、老鼠、蟑螂。

2000年8月1日,麻雀被国家林业局列入《国家保护的有益的或者有重要经济、科学研究价值的陆生野生动物名录》。

6月6日

"禾场必满了麦子,酒榨和油榨必有新酒和油盈溢。"

——《圣经·约珥书》

今天在地头上我听见几个人在分工的时候,人人争着跟随收割机接收麦粒。后来这个活儿被一个青年人争着了,他拎着一捆塑料编织袋跳到了收割机上,其余的几个人才按照分工慢慢抄起自己的家什忙活起来。当时我就肯定地想,这是一种种地人对最早享受触摸劳动果实的感觉的原生欲望。

6月7日

一个流浪汉猛然出现在一条田间小路的路口,他穿橙色上衣——环卫人员或道路清障人员穿的那种,深色裤子,趿拉着一双黑布鞋,一顶布帽子下散着一头浓密的有点蜷曲的黑发。脸上粘满灰尘。他手里拎着一根弯曲的树枝,在地头上张望。旁边一块割完的麦地里,一对中年夫妇正在点播玉米。他家的麦子是用机器收割的,麦地里留下一溜麦秆儿,这是从收割机的尾部吐出来的。麦粒从另一个地方吐出来,被他们运到家里去,这会儿可能正在院子里晾晒。另一块地里的麦子熟得正好,但还没有割,麦子的主人这时也许在割不远处的一地麦子,一边收割,一边想着这块地的麦子。说不定明天,最迟后天,就会把它们割掉。

流浪汉双眼盯着这一地不属于他的果实,不知他在想些什么。他渴望的样子有些像那些生活上不怎么讲究的艺术家。

流浪汉中的大多数都是精神上受过刺激的人，人们都说他们是精神病。不知道这个流浪汉是个精神病还是个正常人。但不管怎么说，流浪汉没有一个是因为物质原因走出来的。

流浪汉这么站了一会儿，就转身走了。我看了他一阵子。不知他是否也有意地注视过我，琢磨过我。

在麦收季节的田野里，唯有我和这个流浪汉是闲着没事儿从这片地里走过的人。像划过天空的两只鸟。

6月8日

以前收麦是将麦子打成捆，运到麦场上。麦场是早就准备好的，是用水浸湿，又撒上陈年麦糠轧实的。等麦子都运到打麦场上，凑个好天，将麦子解捆，铺满麦场，晒上半天，然后套上牲口，拉着碌碡轧场。（农谚：麦收有五忙——割、拉、打、晒、藏。）一圈、两圈、三圈……谁数得清多少圈?! 直轧到太阳将落，用木杈将麦秸挑起，把带糠的麦粒堆成堆儿，逆着风向扬场（农谚：会扬的一条线，不会扬的一大片。），扬得麦是麦糠是糠。后来，有了脱粒机，将脱粒机拉到麦场上，再也不用轧场了。联合收割机的诞生，则使这一繁琐的过程不出麦地就完成了。

6月9日

几乎每一个大块麦地的中央或者边沿都有一些土坟。现在，麦子割掉了，坟丘露出来。坟上长满了嫩绿的草，坟旁往往长着一棵树，楝子或者樗树。楝子花刚刚开过，擎着一树绿叶，像一片云。坟前竖着一截短碑，有的用几块方砖筑起一个简单的香台。这些故去的人，不久以前，还在这块地里劳动，顶着烈日，打着口哨。他们的父辈也是。他们在这里劳动，相爱，然后故去，永远地埋在这里。他们的后代依然如故。他们守着自己的先辈，撒下诚实的汗水。累了的时候，就把工具倚在坟堆上，自己则默默地站在坟旁休息。如今，在收获的日子里，他们一边干活,自然而然就想起了先辈。

我的爷爷奶奶、外公外婆、大爷、二大爷、二大娘、二姑、三姑、三姑父、四姑、四姑父都埋在麦地里。除了爷爷奶奶我没有见过外,其余的亲人我都参加了他们的葬礼。巧得很,他们死的时候不是晚秋,就是寒冬或者早春,都是小麦生长的季节,麦苗青青的季节。从麦地里掘出的鲜土和耸起的新坟,在一望无际的麦田里格外扎眼。

6月10日

"你们要用初熟的麦子磨面,作饼当举祭奉献;你们举上,好像举禾场的举祭一样。"

——《圣经·民数记》

现在算来,麦子是这片土地上生长期最长的作物了,是最依恋这块土地的植物。小麦与玉米平分一年的时光。玉米的生长期是 100 天,其余时间站在这块土地上的就是小麦了。它以看似柔弱的身躯,一连穿越了秋冬春夏四个季节。秋天的风霜吹拂过它,冬天的雪花温暖过它,春天的雨露滋润过它,夏天的阳光照耀过它。因此,这种经过八个多月生长孕育成熟的谷物才最具成色。吃小麦长大的人,比那些吃花里胡哨的东西长大的人,说话更有底气,干活更有力量,思考事情更加稳妥,是一个叫人信赖让人放心的人。

我想,每一个以小麦为主食的人,都应该时时感恩。

6月11日

"她说:'请你容我跟着收割的人拾取打捆剩下的麦穗。'她从早晨直到如今,除了在屋子里坐一会儿,常在这里。"

——《圣经·路得记》

麦子收割的时候,很容易落下一些在地里,尤其是小麦焦头的时候(农谚:九成熟,十成收;十成熟,一成丢)。容易落下的作物还有谷子、大豆,还有长在地下看不见的地瓜和花生。而玉米、高粱、棉花这些需要挨个儿过手的就不容易落下了。

麦收过后，就涌来了一些外乡人，她们多是山区的妇女，拎几个塑料编织袋，带着水和干粮，来捡拾遗落在地里的麦穗。她们把一个编织袋装满，就背到地头的树荫里，用脚使劲踩，踩完把半瘪的袋子翻过来，再踩。直到把袋子踩扁了，然后把麦糠裹挟着的麦粒倒出来，用手捧到胸前，徐徐筛下，让风把麦糠吹走，把沉甸甸的麦粒收起来，重新装进袋子。

她们并不背着麦子回去。俺村的大烧饼是远近闻名的，大、酥、软、香，祖传手艺，供不应求。她们知道。她们用扬净的小麦换成烧饼，先就地咔咔地吃上两个，吃饱了，背回去全家人都吃。

麦季，麦区的人更多的体验是累。而这些拾麦的，恐怕比种麦的还要轻松惬意吧。

在我们这儿，有一个歇后语：拾了麦子换烧饼——赚。

6月12日

大集体的时候，队里的麦子割过去之后，落下的很多。因为大家割起来赶趟子，不管割净割不净。大家挣的是工分（工分工分，社员的命根），工分是按天算的，又不按麦子的重量，丢了是公家的。

队里的麦子割完，不让拾麦子的进地，得等队里忙过这几天，安排人拾完，再"放圈儿"。这几天田野里的对峙就很紧张。对峙的一方是一群群放了麦穗挎着篮子的孩子，另一方是看坡的。这边进地，那边追撵，如若逮住，首先是揍，接着将篮子里的麦穗倒在麦地里，把篮子踩烂。那特别坏的，还从腰里掏出火柴，当着你的面点根火把你的篮子烧掉。不能叫看坡的逮住。于是，一群少年就像被轰飞的麻雀，忽而东，忽而西。有的慌乱之中被同伴或土埂绊倒，将拾了半天的麦穗全磕出来，也顾不得捡，逃跑要紧。

那年,大柱跟我们一块拾麦子。大柱是个独子。我们瞅准一块离村子远些的麦地,呼啦跑进去一阵猛拾,很快就拾了半篮子。"憨子"(看坡的,村里的光棍儿)是在猛然间窜出来的,他出现的时候,离我们只有 30 米了。原来他是从沟底悄悄地包抄过来的。

跑!

七八个孩子撒腿呈扇形疾跑。"憨子"紧追。突然,"憨子"不追了。立挺站在闪着白花花麦茬的麦地里。大柱不见了。大柱掉到了机井里,一点声音都没有。

我们的腿软了。既不敢跑,也不敢近前,我们怎么回的家,一点也不记得了。只记得整个夜晚,满村都是哭嚎声,喊叫声,吵闹声。听说大柱家里和"憨子"家里打起来了,动了棍棒。听说把"憨子"的腿砸断了。听说大柱的娘喝药了。我们窝在家里,大气都不敢出。

后来,我们知道,大柱淹死了,被埋在河滩上,坟头很小,用鲜土堆起。"憨子"的腿没砸断,因为队里出面,把架拉开了。大柱的娘喝药没喝成,被强行制止了。但大柱死后,她精神恍惚,神志异常,直到两年之后又生下一个男孩,才渐渐复原。事情过后,作为补偿,队里给大柱家赔了一千斤麦子。但大柱却吃不上这今年的新麦做出的馍了。

……从此两家结下了世仇。三十年过去了。而今,大柱的娘死了。"憨子"得了偏瘫,早就失去了往日看坡时的威风,每天拄着单拐,拖着沉重无力的左腿在村里晃来晃去。

据说,直到现在,两家的关系都没有缓过劲儿来。

6 月 13 日

一亩地的麦子有多少被人吃掉,又有多少被鸟吃掉,多少被老鼠吃掉,多少被虫子吃掉,多少霉掉?

有多少人亲手种下麦子没有等到成熟就离开人世,被埋进麦地?

说的是公元前 581 年,晋景公梦见有个大鬼闯到宫里来追杀自己,还说是

奉了天帝的命令。醒来后他请桑田巫预测吉凶,桑田巫说:

"您恐怕吃不到今年的新麦子了。"

晋景公当场就病倒了,派人到秦国去请专家来会诊,结果专家说已经病入膏肓,没治了。得,安心等死吧! 没想到,六月初六这天,新麦子送来了。晋景公登时神清气爽,叫人把麦子煮好,然后把桑田巫抓来杀掉,死前还让他最后再亲眼看看新麦子。杀了人之后,晋景公正准备安心享用宫廷煮麦子,突然肚子痛要方便,也真邪门,他就在方便的时候掉进宫廷厕所里淹死了,还是没吃到新麦子。

6月14日

联合收割机的出现,使过去的许多农具都失去了用场——镰刀、地排车、绳索、木杈、木锨、耧耙、碌碡、簸箕。还有牛。还有打场时人们哼唱的歌谣。这些似乎离我们越来越远。什么时候,人们再丢下收割机,换上新的农具? 这个时间可能十分漫长,但是重新替代收割机的必将是那些今天我们看似原始的工具——镰刀、木锨、碌碡……

6月15日

一则信息:

我市小麦连续第五年大丰收总产 24.5 万吨

今年全市小麦总产量达到 24.5 万吨,比上年增加 1.2 万吨,同比增长 4.9%;小麦单产 418.9 公斤,比上年增加 2.9 公斤。我市承担实施的国家小麦高产创建示范片项目十亩高产攻关田已通过省、济宁市专家组验收,15 亩泰农 18 号收获小麦 2259.178 公斤,平均亩产 724.56 公斤,再次刷新我市小麦单产最高记录。(马超 杜宝胜)

——摘自《邹城信息》(中共邹城市委办公室)2009 年 6 月 15 日(第 36 期)

6月16日

早些年,麦秸的用处可真不小。能装枕头(村里的后生娶媳妇时,会找邻家的年幼小伙到麦场上装枕头,他一边装一边用鞭杆往里捣,嘴里还念念有词:白腊鞭杆捣三捣,不出一年生个小。回到主家,可得到两包喜烟的犒赏)、装草褥子、喂牛、烧锅、苫屋顶……若是手拔的麦子,完好的麦秸则可以用来打草苫子、编草蒲墩、织草帽、草鞋,手巧的还能织出精巧的茶壶套儿。

麦糠也瞎不了。因为麦糠带着麦芒,有很好的胶粘作用,人们多用它和进泥浆泥墙。还有:冬天,把麦糠培进陶盆,生火盆。

现在,麦秸和麦糠都没用了,于是,把它们粉碎、还田化作了下一茬作物的肥料。玉米长高以后,小麦在地上不留一丝痕迹。

更早些的时候,麦秆却可以做成精美绝伦的艺术品,被称为麦秆画。

20世纪80年代,秦怀王墓发掘,出土文物中即有麦秆画,虽经两千年岁月浸蚀,依然造型逼真,色泽鲜艳,不失古朴典雅本色,令人惊叹叫绝。

麦秆画是一种工序十分复杂的手工艺术,须经精心选材,繁复加工方可成就,先将麦秆熏、蒸、烫、漂,然后再进行拼料、下料、烫料、组合、装裱等。题材包罗万象,花卉、风景、建筑、花鸟、山水、人物、器物皆可成画,曾与瓷器、刺绣一起被誉为"中国民间艺术一绝"。

从什么时候开始,这种传统的技艺被人们遗忘,这些经过加工处理能够愉悦人们心灵的材料沦为实用之物?

麦秆画出土后,聪明的人们反复揣摩其制作工艺,并利用现代科技不断实践、创新,力争使这项古文化瑰宝再现人间。

我们能够抵达先人创造的艺术辉煌吗?

6月17日

太阳高照,大地燥热,今日温度22℃~32℃,正是晒麦子的好时候。麦子是用口袋装着的,一袋袋摞在屋子里,这时候都被拉出来,倒在扫净的水泥场地上。将麦子摊开铺匀之后,便回去刷瓮。去年盛过麦子的陶瓮内壁上挂着零零星星的麦糠麦芒尘土和干死的虫子,用清水冲洗之后,瓮底贴地旋到院子里,将瓮口对着太阳晒瓮。午饭之后,麦子晒得烫手,立即打堆,装进热瓮中,再用晒热的麻袋片捂好瓮口,用塑料布覆顶并用细绳扎紧,扣上瓮盖。这样保存的小麦放上一年两年绝对不会霉变,也不会生虫。

6月18日

小麦的主要营养成分是淀粉,其次还有蛋白质、脂肪、维生素、矿物质、钙、铁、硫胺素、核黄素、烟酸等。它是人类的主要营养源之一。它所含蛋白质是大米的2~3倍,玉米的两倍;含钙量约为大米的四倍,玉米的八倍;维生素B1、B2、尼克酸等含量都是大米的3~4倍。小麦提供人类消耗蛋白质总量的20.3%,热量的18.6%,食物总量的11.1%。全世界35%的人口以小麦为主要粮食,尤其是西方国家,小麦食品几乎是餐桌上唯一的谷类食品。

全世界小麦常年种植一般在34亿亩左右,占世界谷物总面积的32%(稻占20.8%,玉米占18%);小麦总产5.7亿吨左右,占谷物总产28.9%(稻占27.1%,玉米占25.2%);贸易量一亿吨,占谷物贸易总量的50%左右。小麦具有较好的耐储藏性,正常情况下储藏4~5年或更长一些时间品种基本不变。因此,小麦常被看作是一个国家重要的战略物质。

6月19日

去壳的小麦变为面粉须经过如下工序:原粮品质检验—筒仓—清理(去大杂、去小杂、去金属杂质、去石子)—配麦——次清理(去轻杂、去石、去荞、去金属杂质)——次着水—调质—二次着水—调质—二次清理(去轻杂、去石、去金属杂质)—喷雾着水—净麦仓—碾磨(清粉、分级筛理)—(过程品质控制)—配粉—(成品品质控制)—成品打包。

成品面粉通常有如下几个面孔:

百顶百。也叫全粉,100斤小麦磨出100斤面粉。

85面。也叫标准粉。100斤小麦磨出85斤面粉,15斤麸皮。是上世纪八、九十年代的当家品种。

富强粉。等级最高的面粉,也叫特一粉或精粉,100斤小麦磨出75斤面粉,是小麦最核心的部分磨出的面粉,它是目前市场上最流行的品种。根据面粉中蛋白质含量, 又可分为高筋粉、中筋粉和低筋粉三类。高筋粉:蛋白质含量11.5%以上,湿面筋重量73.5%,适合制作面包、意大利面条、起酥糕点等。中筋粉:蛋白质含量占9%~11.5%,湿面筋重量在25%~35%之间,适合制作面条、馒头、馄饨、饺子等。低筋粉:蛋白质含量在7%~9%,湿面筋重量小于25%,适合制作蛋糕、饼干、炸面圈等。

专用粉。也称预混合粉,是将小麦粉根据用途所需比例,预先混合其他添加物,如砂糖、油脂、乳粉、蛋粉、食盐、膨胀剂、香料等,只需添加水和必要副材料即可加工成某种成品。常见的专用粉主要有面包糕点用粉、饺子粉、自发粉等。

据国家小麦产业体系岗位专家、农业大学生物技术学院教授王志敏介绍,全小麦粉(全粉)是由整粒小麦粉碎加工而成,它含有小麦的全部麸皮和胚芽。由于未经过其他加工工艺,也未添加任何其他物质,因此在白度和精细度上不如等级面粉,但全小麦粉本身就含有丰富的营养成分,还有铁、锌等微量元素和矿物质。没有添加任何其他物质的纯天然全小麦粉的膳食纤维是等级面粉的五到十倍,所含的维生素类大部分超出等级面粉的一倍以上,其中钾、钠、铁、锰、锌、磷等矿物质元素超出等级面粉的二倍以上。"就是样子'丑'点,吃起来却很香。而且营养充足、食用安全。"

王志敏认为,之所以会出现添加各种物质的等级面粉,和市场的需求以及消费者的观念分不开。"过去是追求细粮白面,所以出现了往面粉里添加增白剂;现在是追求营养,所以各种强化营养面粉就冒出来了。"如何判断这些成分的有效性和安全性则成为一大问题。"那些营养面粉里含有的添加剂成分,到底能起多大作用? 是否有益健康? 从人体长期摄入来看是否安全? 是否都是真材实料? 这些都不好说。更何况还有一部分是打着营养招牌欺骗消费者的,这就更不好判断了。"尤其是增白剂。为了使面粉变白,商家往往把过氧化苯甲酰作为增白剂用于面粉中,过氧化苯甲酰主要是通过氧化作用,使面粉中的色素氧化分解达到增白的目的,本身还原为苯甲酸残留在面粉中。过氧化苯甲酰除了增白作用外,并不能提高或改善小麦粉的质量,而氧化苯甲酰还原产物苯甲酸对于肝功能障碍者有损害,可能成为导致肝癌的叠加因素。小麦粉中色素甚微(mg 级),却要添加 60 mg/kg 强氧化剂去漂白,首先破坏的是 VE、叶酸、烟酸等营养素。全球因叶酸缺乏每年出生约 20 万个神经管畸形儿,其中我国 10 万个,竟占一半!欠发达地区民众主要从主食面粉中获取叶酸等营养素,仅仅为了面"白"而严重影响国民健康的事我们仍在做着。

早在 2001 年我国面粉加工行业的 65 家大企业就曾联名向有关部门呼吁禁用增白剂。2008 年 10 月 29 日,100 家大型面粉加工企业再次向卫生部、国家标准化管理委员会发出呼吁:禁止在小麦粉中使用过氧化苯甲酰等任何化学增白剂。从 2004 年开始,国家粮食局陆续四次向卫生部提议禁止在小麦粉中添加增白剂。国家粮食局、国家粮食局标准质量中心、全国粮油标准化技术委员会、中国粮食行业协会、中国粮油学会以及全国百家面粉生产企业,面对面粉加工行业滥用增白剂愈来愈严重的状况,一而再再而三地呼吁。长期以来还有人大代表、政协委员、专家学者的禁用呼声也一直不断。而超标使用增白剂的事件每天都在发生,国家工商总局去年的一项抽查结果显示,增白剂超标的小麦面粉占 12%。

6 月 20 日

"常食麦令人多力健行。"

——《博物志》

用小麦作为原料能够做出多少种食物,的确不好统计,也许没有人能准确地说出这样一个数字。我知道的有:馒头、面条、面包、各式糕点、面卷儿、花卷儿、糖角、烧饼、单饼、油饼、煎饼、锅贴、呱嗒、火烧、刀削面、拉面、面鱼、烧麦、面塑、面糕、包皮面、龙须面、揪片、剔尖、猫耳朵、饸饹、面片、面叶、水饺、煎饺、蒸饺、馄饨、炸糕、一窝酥、豆沙包、炒面、甩饼、麻花、馕、油条、油旋、煎饼、煮饼、焖饼……

中国小麦食品的特点是蒸、煮为主。我国面条和馒头制作技术，被许多国外学者称为和面包并列的世界性两大发明。本应伴随小麦传入中国的烤面包在明末清初才由西方传教士利玛窦和汤若望等人带入。

比起西餐的烘焙食品，蒸煮的小麦食品安全优势凸显。瑞典政府食品局和斯德哥尔摩大学向新闻界公布的一项研究结果显示：焙烤的淀粉质食品含有非常高浓度的丙烯酰胺。丙烯酰胺，简称 AA，是神经毒素，国际癌研究会指定其为致癌物。据市场烘烤油炸产品抽检得到：饼干中丙烯酰胺含量为 30 ug/kg~3200 ug/kg，面包为 30 ug/kg~162 ug/kg，显然大大超过世界卫生组织制定的可摄入量标准：按 60 kg 体重的人换算每天摄入量不应超过 18~48 ug/kg。

我们选择了小麦，却没有选择面包。以蒸煮面制品为主食的中国人，应时时感谢祖先的智慧。

6月21日

将刚打下来的小麦放在陶盆里，用清水浸泡一夜，第二天一早，小麦胖乎乎、鼓胀胀。用石磨将其磨成浆糊，然后，支起鏊子来，摊煎饼。

鏊子底下，烧的是麦秸、豆秸或者棉柴，噼噼啪啪。鏊子热了，母亲用铁勺舀起麦糊，倒在鏊子上，吱吱吱，一团白汽从鏊子表面升起来。母亲一边往鏊子上浇面糊，一边用笓子将其赶薄、摊匀，直至摊满整个鏊面。不一会儿，煎饼卷起了边儿，母亲用竹劈顺着翘边轻轻掀起，将底面已经焦黄的煎饼翻过来，在鏊子上一熥，麻利地放在早已准备好的木质锅盖上。接着，用浸满豆油的油擦将鏊子抹一下，再次将面糊舀起……

麦子煎饼卷大葱、咸鱼或是辣椒炒鸡蛋是天下最好的美食。

吃煎饼的地方非常少，仅仅局限在鲁南。即泰安以南，徐州以北，临沂以西，菏泽以东。有一年，新疆来了几个朋友，我们拿出煎饼招待他们，他们竟不知其为何物,也不知道怎样吃法。待我们作了示范,才拿起尝了几块。邻座的当地人一时引为稀奇。

6月22日

"麦子煎饼卷鸡蛋,不给俺吃俺不念。"

"吃煎饼,一张张,莩好粮食都出香。省功夫,省柴粮,过家之道第一桩。又卷渣腐又抿酱,个个吃得胖又壮。"

"麦子煎饼卷辣椒,越吃越添膘。"

——民谣

石磨的出现,引发了中华民族饮食史上的一场革命,也促进了小麦种植的发展。石磨发明以前,人们是把麦子、豆子煮成饭吃的,所谓"麦饭豆羹皆野人农夫之食耳","民之所食,大抵豆饭藿羹",有了石磨,就可以把麦子磨成面粉,由粒食改为面食,烧饼、面条、馄饨、水饺、馒头、包子等各色食品都出现了,于是,小麦就成了深受人们欢迎的粮食。

石磨由两块有一定厚度的扁圆柱形的石头(磨扇)组成,两扇相对的一面,留有一个空腔,叫磨膛,膛的外周刻出一起一伏的磨齿。上扇有磨眼,磨面的时候,谷物通过磨眼流入磨膛,均匀地分布在四周,被磨成粉末,从夹缝中流到磨盘上,过筛去麸皮即得到面粉。如同时加水即磨成面糊。

石磨诞生于战国时期,而普及使用则在汉代,目前,考古发现的实用性汉代石磨有:河北满城王陵山西汉中山靖王刘胜墓出土的石磨,该磨"分上下两扇,上扇表面中心作圆形凹槽,周边突起,当中有一道横梁,两侧各有一个长方形孔,底面满布圆窝状磨齿,中心稍有内凹,下扇磨齿亦为圆窝状,表面微隆起,中心有一圆柱形铁轴,磨通高18厘米,径54厘米。铜漏斗上部大,口下腹收敛作小口,自上口向下16厘米处,漏斗内壁平伸出四个支爪,两两相对,其跨度超过石磨直径,这说明四个支爪上原当置有承托石磨的木质器。"山西襄汾县汉代临汾古城遗址出土的石磨,上扇厚9厘米,下扇厚10厘米。上扇进料漏斗深

9厘米,呈半锥体形。磨齿为点状纹,凹入成小圆坑,上扇侧有长方孔,为安装磨棍之处。甘肃省古浪县陈家沟台子汉代遗址出土一石磨,只有下扇。其磨扇形制为凹入菱形纹,与枣核纹近似。一个值得注意的现象是,战国、两汉、三国的转磨(石磨)大都发现于黄河、长江流域。南方的珠江流域和北方的辽河流域则相当罕见。两汉转磨出土的地区大都是盛产小麦的地区,这不是偶然的。正是因为小麦这种粮食需要做成面粉,才便于进一步做成可口的食品。

那么,石磨是谁发明的呢?

是鲁国人鲁班。

今之鲁南即古之鲁国。鲁南为什么吃煎饼?就是因为鲁班发明的石磨可以将小麦直接变成面糊。

在面粉加工的历史上,臼、石磨、电动磨面机可以说是三个不断递进的阶段,而由石臼舂到石磨磨,的确是了不起的一项革命。

一盘石磨,悠悠转动了两千年,至今都没有彻底绝迹。

相对于鲁班的其他发明(木工用具:曲尺、墨斗、刨子、钻子、凿子、锯子;生活用具:铲子、耧、碾、锁;军事用具:云梯、钩拒、木马车),石磨——这项与人民生活息息相关的发明意义更加重大。

那么,煎饼又是谁发明的呢?

是临沂人诸葛亮。

诸葛亮辅佐刘备之初,兵微将寡,常被曹兵追杀,一次被围困在沂河、涑河之间,锅灶尽失,而将士饥饿困乏,又无法造饭,诸葛亮便让伙夫以水和面为浆,将金(铜锣)置于火上,用木棍将面浆摊平,煎出香喷喷的薄饼,将士们食后士气大振,一鼓作气,杀出重围。当地人也习得此法做食,但因铜锣昂贵,且易炸裂,人们便以生铁铸成锣状的煎饼烙,后逐步演变为今天的鏊子。从此,煎饼在沂蒙大地上流传至今并辐射到周边的广大地区。

诸葛亮是三国时期著名的政治家、外交家、军事家。他不仅能够运筹帷幄,决胜千里,有满腹治国经略,而且在文学(有发自肺腑字字血泪的《出师表》和《诫子书》为证。)书法(北宋周越著《古今书法苑》载:"蜀先主尝作玉鼎,皆武侯篆隶八分,极其工妙。"南宋陈思《书小史》载:诸葛亮"善其篆隶八分,今法帖中有'玄漠太极,混合阴阳'等字,殊工。")绘画(唐朝张彦远在被誉为"画史之祖"的《历代名画记》中写到:"诸葛武侯父子皆长于画。")音乐(陈寿《三国志·诸葛亮传》载:"玄卒,亮躬耕陇亩,好为梁父吟。"他既长于声乐——会吟唱,又长于器乐——善操琴,同时他还进行乐曲和歌词的创作,而且还会制作乐器——七弦琴和石琴。他是古代音乐理论专著《琴经》的作者)诸方面造诣颇深。在众多的史籍中惟独没有他发明煎饼这件事。

这是他的情急之作,是他不经意间流露出来的生活智慧。

6月23日

小麦还是一味药。

麦子是食物众所周知,但麦子也是药物。中国古代就提出"医食同根,药食同源"的理论。麦子是食药同用的两栖物质。

小麦的药用过程是营养起主导作用,它的转化过程是营养—养生—抗病的不可逆的反应式。麦子的植物营养性不同于动物营养,麦子的营养促进强身健体兼有养生作用,它还支持人体内免疫力的加强,从而达到高层次的抗癌防病。

药学上称小麦味甘,性凉,无毒。它入心、脾、肾,可以除热,止烦渴,消除咽喉干燥,精神不安。利小便,补养肝气,止漏血唾血。将它煎成汤食用,可治淋病。磨成末服用,能杀蛔虫。将陈麦煎汤饮用,可止虚汗。烧成灰用油调和,可涂治各种毒疮及汤火灼伤。

[附方]

甘麦大枣汤:甘草10克,小麦10克,大枣30克。加水煎汤服。

源于《金匮要略》。方中小麦养心阴而安心神;甘草和中缓急;大枣补益中气,并润脏躁。三药合用,甘润滋养,有养心安神,和中缓急之效。用于思虑过度,心阴受损,脏阴不足所致的脏躁,症见精神恍惚,时常悲伤欲哭,心中烦乱,睡眠不安。精神病,更年期综合症或神经衰弱辨证属于心阴不足者也可应用。

小麦粥:小麦 20~60 克。加水煮成稀粥,分 2~3 次食。

源于《食医心镜》。此用小麦"除热止渴"之功。用于烦热消渴、口干。

小麦通草汤:小麦 30 克,通草 10 克。加水煎汤服。

源于《养老奉亲书》。本方以小麦除热、利小便;通草为清热利尿药,故配伍应用以增强疗效。用于老人小便淋沥,滞涩不通,烦热不安等。

麦苗即小麦草。科学研究证实:小麦草是天下最有营养、能治百病的食品(药物)。现在,临床记录证实的疗效包括:抑制癌细胞滋生;产生抑制细菌滋生繁殖的环境;清除体内铅、镉、汞、铝、铜等有毒金属;糖尿病;平衡血糖、清肝;降低高血压、清除各种毒素,促进血液流通;增加毛细血管作用及心脏功能;减肥;促进伤口愈合;解除便秘;治疗各种血液病症,例如贫血;气喘;过敏症;关节炎、风湿病;心脏病;各种溃疡;胆结石、尿道结石;肾脏炎;血管肿胀;癫痫症;结肠炎;喉头发炎;黏液囊炎;肋膜炎;肺结核;内外痔疮;狐臭;面疱;妇女血带;改善近视;增强性能力,治疗性机能萎缩;清除口腔毒素,防治蛀牙;把榨汁后剩下的小麦草渣敷伤口,可消炎杀菌……

关于小麦草疗效的发现,有一个神奇的故事——

美国的安·威格莫尔医生出生时是一个很羸弱的婴孩。在她祖母的细心照顾下,她才活下来。她十几岁时来到美国麻州和父母团聚。在吃"文明"食物——可口可乐、多福饼和其他加工食品时,不到一年工夫,她的健康即有显著的衰退,并拔掉四颗大牙。多年后,她成为波士顿的公民,一次,她在《圣经》里读到:有位生病的国王听从天上的声音,到野地像一头牛一样的吃草,从而恢复了健康。由此她得到领悟:假如青草能治国王的病,那么一定也能医好其他人的病。

她很快便知道,草有 350 多部,4700 种,从生长在热带高 30 公尺的绿竹,到北极寒漠中贴在地面上的青苔皆是。一头重 270 公斤的小牛仅靠吃一般的青草就获得了足够的营养。她于是下定决心,要找出最好且最有营养的青草。她从全球各地收集各种草的种子,将这些种子一一种植,并持续地观察研究各种草类的特征,她发现七种最优良的青草,它们分别是黑麦、猫尾草、金雀花、小麦、蔓草、紫苜蓿和荞麦。她在房间里随意地放置这七种小盆青草,并放了一只小猫进去。那小猫先嗅遍每一盆青草,最后才选择小麦草吃。她又向朋友借了一只西班牙长耳小猎犬测试,结果和那只小猫一样,小猎犬最后也选择了小麦草。所以可以确定,小麦草即是她要找的那种青草。

小麦草能够吸收土壤中 102 种矿物质的 92 种,是富含各种最佳矿物质、维生素及人体必需的微量元素的保健食品。后来,科学工作者从小麦草汁中分析出 100 多种成分及丰富的蛋白质和酶。这证明小麦草是营养很"完全"的食物。7公斤新鲜的小麦草与 160 公斤最上等蔬菜的营养价值相当。

小麦草还有个特点,就是它的叶绿素分子结构,与人的血液分子极为相似。植物靠叶绿素把养分输送到各部分,人体则靠血红蛋白,二者虽然颜色一绿一红,分子结构却大同小异,所以内行人称小麦草为"绿色血液"。

安·威格莫尔后来患子宫瘤、血毒症,50 岁又患直肠癌,她用小麦苗汁结合生食疗法,一次次"死里逃生"。

用小麦草治病的奇闻,在世界各地比比皆是。日本人狄原义秀有机汞中毒,饮用麦苗汁使他起死回生。在中国古代,也有用麦苗治病的成功实践。尤其是肝炎传染成瘟的时候,古人用嫩麦叶加大枣服用,救治了无数民众,曾被医药学家、药王孙思邈写进医书。

麦麸味甘,寒,无毒。入手阳明经。可治虚汗、盗汗,泄利,糖尿病,口腔炎,热疮,折伤,风湿痹痛,脚气。

[临床应用]

1. 治疗口腔炎:用小麦麸烧灰 2 份,冰片 1 份,混合研细搽患处,每天 2~3 次。有效率 95%,一般 3~5 天即愈。

2. 治疗糖尿病:以 6/10 的麦麸,4/10 的面粉,再加适量的食油、鸡蛋、蔬菜拌合蒸熟代食,随病情好转逐步减少麦麸含量。在整个疗程中不给其他药物及营养物质。

小麦胚芽是小麦生命的根源,是小麦中营养价值最高的部分。内含丰富的蛋白质、维生素、矿物质以及全部 18 种人体必需的氨基酸。是一种高蛋白、高维生素 E、低热、低脂、低胆固醇的营养品。食物中金属含量不足会影响身体健康发育，尤其是缺铁会出现贫血，小麦胚芽是非常理想的微金属供给源。并含有丰富的维生素 E、维生素 B 族、二十八烷醇、植物性蛋白质、不饱和脂肪酸及大量的植物纤维。1000 公斤的优质小麦只能提取 15 公斤的小麦胚芽，为极其珍贵的营养品。

小麦胚芽还含有一种含硫抗氧化物——谷胱甘肽，它在硒元素的参与下生成氧化酶，能催化有机过氧化物还原，使体内化学致癌物质失去毒性。并且还有保护大脑、促进婴幼儿生长发育等功能。它所含食物纤维，有降低血清胆固醇及预防糖尿病、结肠癌的效果。另外，它对肠内有益菌群的发育，也起着促进作用。

小麦胚芽粉作为天然营养的食品添加剂，可代替脱脂奶粉、鸡蛋蛋白的成分，广泛应用于面包、饼干、糕点、面条、馄饨皮等食品的加工，并可产生特有的清香味。在其他食品加工方面，小麦胚芽也有广阔的应用领域，如糖果、酱类、饮料等，都能提高产品的营养价值和食用品质。新鲜的小麦胚芽还可制成冲剂和营养粉，是儿童和老年人理想的滋补品。

小麦胚芽油是以小麦胚芽为原料制取的一种谷物胚芽油，它集中了小麦的营养精华，富含维生素 E、亚油酸、亚麻酸、甘八碳醇及多种生理活性成分，是宝贵的功能食品，具有很高的营养价值。特别是维生素 E 含量为植物油之冠。

功能主治：

1. 调节内分泌，保护皮肤细胞，防止色斑、黑斑及色素沉着。

2. 抗氧化作用，减少过氧化脂生成，促进皮肤保湿功能，使皮肤润泽。

3. 促进新陈代谢和皮肤更新，抗皱、防皱、防皮肤老化。

4. 调解血脂，软化血管，预防动脉硬化、高血压、中风。

6月24日

国旗、天安门、齿轮和麦稻穗共同组成中华人民共和国国徽。

天安门是"五四"运动的发源地,又是新中国的诞生地,因此,天安门是新的民族精神的象征。国旗上的五星代表中国共产党领导下的中国人民大团结。齿轮和麦稻穗象征工人阶级与农民阶级。

提议将麦稻穗画进国徽的是周恩来。

1942年,山城重庆。宋庆龄在寓所为欢送董必武返回延安举行茶话会。周恩来和邓颖超也应邀出席。茶桌上放着重庆近郊农民送来的两串颗粒饱满的禾穗,在灯光和炉火的映照下,禾穗金光灿灿。这时,有人赞美这禾穗真像金子一般。宋庆龄说:"它比金子还宝贵。中国人口百分之八十都是农民,如果年年五谷丰登,人民便可丰衣足食了。"周恩来抚摸着饱满的禾穗,充满深情地说:"等到全国解放,我们要把禾穗画到国徽上。"

在一个"民以食为天"(《汉书·郦食其传》)"民事不可缓也"(孟子语)的国家里,对于农民,还有什么比麦稻穗更重要、更能完全代表他们的呢?

6月25日

壹分、贰分、伍分……

壹分钱难倒英雄汉。壹分钱掰成两半花。

所以,壹分钱也会在人们的手心中攥出汗水。

对于分币的渴望和兴奋,一个乡村少年是深有体会的。聪明的、勤快的、听话的少年,铅笔盒里总会有那么几枚硬币,那是母亲对他的多次奖赏积攒起来的。铝镁质的硬币在铁质的铅笔盒里滚动,哗哗啦啦。壹分、贰分、伍分,可以买文具,也可以买零食,更重要的是可以炫耀。所以,他舍不得花。万不得已的时候,才把它送到供销社,听跟随自己多日的硬币在齐胸的水泥柜台上叮叮当当地跳跃,最终被白净微胖的营业员收起,扔进一个刚好用硬币铺满底子的纸盒里。

有时候,少年会痴痴地盯住一枚硬币,他在看什么呢?

壹分、贰分、伍分。一面是国徽,一面是麦穗。

少年也许会想,为什么把两穗麦子铸进钱币?麦穗和钱究竟有什么关系?

在长达半个世纪的岁月中,这套始发于1955年的铸刻着硕大麦穗的硬币应该深深地刻在了国人的脑海中与心版上。

1980年4月,第二套硬币由中国人民银行发行,面值分别为壹角、贰角、伍角和壹元四种,材质壹角贰角伍角为铜锌合金,壹元为铜镍合金。其中壹角贰角伍角正面图案均为国名和国徽,背面图案均为麦穗、面值和发行年份。

自1991年开始铸造的第三套硬币和自1999年开始铸造的第四套硬币,其壹角伍角壹元背面图案改为花卉。

6月26日

小麦收割完了,人们很少再到地里去,田野一下子显得空阔。白花花的麦茬铺展天边,垄间玉米的嫩苗已经拱破土层。野兔突然失去了掩体,惊惊慌慌地四处疾走,雀鸟在低空飞翔,寻找丢失的麦粒或者悬浮在空中的飞虫。远处的狗吠声以及搅混成一团难辨其声的喧哗一并漫过来,这是地地道道的民间生息,季节性收获之后特有的声响。

在四周的村庄里,围绕小麦,会发生许多故事……

玉米日记

玉米：真核域。植物界。被子植物门。单子叶植物纲。禾本目。禾本科。玉米属。玉米种。一年生谷类植物，起源于北、中、南美洲。植株高大，茎强壮，挺直。叶窄而大，边缘波状，于茎的两侧互生。雄花花序穗状顶生。雌花花穗腋生，成熟后成谷穗，具粗大中轴，小穗成对纵列后发育成两排籽粒。谷穗外被多层变态叶，称作包皮。籽粒可食。

5月19日

玉米杈把高了。这是春玉米。春玉米种植在闲了一冬的春地上。在这样的地上种什么长什么，所以玉米显得旺盛、苗壮。玉米棵的颜色不鲜嫩，像在绿上又覆了一层浅灰，一副少年老成的样子，而老成的少年一般都会长成五大三粗的铁塔一样的男人。

在鲁南，一般种植夏玉米。夏玉米种在麦地里，和麦子有一段共生共长的时间，像姊妹俩。姐姐（麦子）大了，弟弟（玉米）出生了。弟弟大了，姐姐出嫁了。

5月20日

我把几粒玉米种在花盆里。我没有其他地方可种,只能种在花盆里。我和许多城里人一样,没有一寸属于自己的土地。好在单位里有一个院子,可以把花盆放在院子里,让玉米晒太阳、沐风雨。院子里植物不少,有松、竹、玉兰、樱花、龙爪槐、桃、紫薇、石榴,有冬青、太阳草,晚秋还有灯笼草、绞股蓝和牵牛花。就缺玉米。但是,生长在花盆中的玉米,究竟比在田野里的玉米幸福还是痛苦?

5月21日

南风3~4级,温度20~30℃,玉米种子发芽的最适温度。我种在花盆里的种子一准在湿润的泥土中醒过神来,它内部的胚胎正一刻不停地运动、发育⋯⋯

下午,盆土表层干成灰褐色的硬壳,我又轻轻地给它浇上一遍水。

5月22日

玉米从小就不娇气,它和小麦不一样。

小麦播种前,地是经过深耕耢匀的,而且施了底肥,畦子调得整整齐齐,主人生怕调的不齐,有时候还扯绳拉线,用石灰粉划上道道。如果天旱,就提前洇一遍,或者等一场秋雨。玉米不是。玉米直接播种在麦垄里。这个时候,地已经板结,肥力早叫小麦拔净了,还不见阳光,不透风。玉米硬是在这样的条件下长起来,而且长得挺拔,结实,威风凛凛。

麦子黄梢。正是播种玉米的时候。种玉米是一件相对轻松的农活儿——手里拎一根竹竿,竹竿的下部安装了一个锐利的铲头。将铲头插进地里,掘出一个坑儿,将几粒玉米种子从竹竿的上部丢进去,玉米粒儿在打通了的竹竿里骨骨碌碌地滚下去,直接落到挖出的坑里,将竹竿提起来,用脚将土推进坑里,再轻踏一下⋯⋯然后前行,再掘另一个坑儿⋯⋯

在八里沟,我目睹一个中年男人这样一步一步地从地那头播种而来(农谚:小满节气到,快把玉米套)。他的动作十分娴熟,看来他在这块地上耕耘几十年了,这是他干惯的活儿。一边播种玉米,他一边抬头看一看小麦,小麦长势很好。麦棵里杂有几株米蒿,幼小时没有及时地拔除它们,这时候米蒿已经长得和小麦一样高,并且结出了一串串籽荚,他细心地将它们拔出来,对折了一下,把它们放在脚下。玉米种子放在一个黄帆布挎包里,挎包挂在右肩上。取种,扔下,再取种,再扔下……有一回,他可能走神了,把手伸进右边的裤兜里,摸出了放在里面的打火机,一看不对,又放回去。他差不多种到地头了,看见站在地头上的我,羞赧地笑了笑。

5月23日

今天,在杨下村惊喜地发现一片长到半人高的玉米地,它们裸露的节根已经像铁锚一样扎入大地,宽大碧绿的叶片在风中轻舞。

这是春天播下的种子。当时气温还低,主人为了增温,还给它们覆上了地膜。如今,有些地膜还成片地压在地上,这些曾经温暖过玉米种子和幼苗的薄膜,像挂在墙角落满灰尘的竹质童车。

玉米这种农作物,对节气的要求不是太高。不仅春玉米和夏玉米之间,就是夏玉米和夏玉米之间,播种时间的差距也很大。比如现在,在一些小麦泛黄的岭地,玉米已经种下,而在一些水浇条件较好的平原地带,麦子还一片青绿,播种玉米差不多还得十天过后。

5月24日

玉米有许多别名(为什么有这么多别名?我想这应该追溯到玉米刚刚从外夷引进的时候。因为是新的作物品种,并没有固定的叫法,因此,大家都有冠名权,每到一地,便出现一个名字。大家把它给叫乱了。):包谷、包芦、玉蜀黍、大蜀黍、棒子、苞米、苞谷、玉菱、玉茭、腰芦、玉麦、六谷、芦黍、珍珠米、红颜麦、西天麦、薏米包、粟米、香麦……

在鲁南,人们都叫它棒子——棒子地、棒子种、棒子苗、点(种)棒子、掰(收)

棒子、棒子秸、嫩棒子、清水煮棒子、棒子面煎饼、棒子面窝窝、棒子面糊糊……

5月25日

花盆里发出三棵玉米幼芽。埋下三粒种子,发出三棵芽。它们都是优秀的生命。但是,过几天,要从它们之中拔除两棵,因为这么小的空间里,是容不下三棵玉米同时生长的。大田里也是这样,在播种的时候,往往投下三粒、四粒、五粒种子,但最后只能在同一个地点保留一棵玉米。小麦、谷子、大豆、芝麻都不用间苗,玉米需要间苗,因为玉米长起来太高大,太强壮。

5月26日

玉米的祖先在美洲。从外形上看,它天生带有热带雨林的气质,而这种气质又非美洲莫属。这有何证据呢?考古学家在中美洲和南美洲星罗棋布的古代遗址里发现,古印第安人种植的大量玉米的果穗、穗轴、苞叶、雄穗和秸秆等,几乎都完整无损地被保留下来。在墨西哥普埃布拉州发掘出的玉米穗轴,碳14测定距今7000年;在美国新墨西哥州发掘出的玉米穗轴,碳14测定距今5600年;在秘鲁中部墓穴中发掘出的玉米穗轴,碳14测定距今5000年。据美国《科学新闻》日前报道,美国耶鲁大学考古学家布赖恩·芬纽坎对从秘鲁安第斯地区出土的900年到2800年前的古人类骨骼进行了研究,从中提取出的某些化学同位素成分可以反映出个体在至少10年间所摄取的主要食物。芬纽坎发现,当时那里的人类多以玉米为食,这一发现证明了玉米是秘鲁古代安第斯山区人类的主食。这就把玉米最早被驯化的地区缩小到从美国南部、经墨西哥直至秘鲁和智利海岸的狭长地带。

在墨西哥、秘鲁以及智利、哥伦比亚等地古墓中出土的文物,以及古代众多的建筑物上,都发现有古代印第安人遗留下来的玉米印迹。印第安人崇敬地把玉米植株和果穗的图像绘画在庙宇上,塑造在神像上,绘织在衣物上,镶嵌在陶器上。墨西哥传说中的特拉洛克神,就是印第安人崇敬的玉米神,广义上说,就是肥沃之神,雨水之神,丰收之神。许多印第安人部落以玉米命名,称之为"玉米族""青玉米族",并以此尊称自己的酋长。在印第安人每年六个重要的农作物宗教祭典中,"玉米祭"就是极其隆重的一个。墨西哥印第安人的语言中,玉米的名字叫"印第安谷"。秘鲁这个词在印第安语里意思就是"玉米之仓"。

1492年,哥伦布在古巴发现了玉米,他把玉米带回了西班牙,逐渐传到世界各地。

5月27日

中国栽培玉米已有近500年历史。传入的途径一说由陆路从欧洲经非洲、印度传入西藏、四川;或从麦加经中亚细亚传入中国西北部,再传至内地各省;一说由海路传入,先在沿海种植,然后再传到内地。或许三种途径同时进行。玉米从三个不同的方向传遍了中国。

5月28日

墨西哥人骄傲地把自己的祖国称为"玉米的故乡"。

据历史记载,本世纪初,在墨西哥地层七十米深处发现了野生玉米花粉化石,表明玉米的祖先在该地生长至少已有八万年了。墨西哥国家博物馆展出的玉米穗轴化石和石制磨盘,说明公元前五千年左右,墨西哥古代印第安人就已种植和食用玉米了。

印第安人最早发现和种植的是一种原生玉米,名叫大刍草,也称为墨西哥类蜀米。这种野生大刍草今天在墨西哥辽阔的旷野里仍然处处可见。在印第安人长期选择和培育下,经不断杂交和改良栽培出了一种穗大粒多的玉米。

玉米是墨西哥人的主食,他们消费玉米比世界上任何一国都多。他们用玉米粉制成烤饼、烧饼、玉米粥、五香碎肉蒸玉米粉,还用爆炒玉米粒磨成细粉制作甜食和各式糕点,做青玉米罐头和蜜饯爆米花等。甚至在重大礼仪以至国宴上,也要有几道风味别致的玉米菜肴。现在,墨西哥的科学家成功地从玉米籽粒中提炼出玉米油和淀粉,用玉米还可以酿造含酒精不多的契恰酒。

5月29日

古印第安人还有以鱼肥玉米田的经验。春天在玉米播种前,他们从河溪里捉到鱼,在每穴里放一条鱼,每一英亩地要放一千多条鱼。部族里还规定一条纪律:在玉米播种季节,每家都要把狗的后腿缚起来,严加管制,直至玉米出苗、鱼腐烂成肥料为止。他们曾作了比较,发现用鱼作肥料比不放鱼的玉米产量高出三倍。

5月31日

这几日,麦地里每天都有一些人在麦垄里套种玉米。为了给玉米争取一些生长时间,不得不在麦子收割以前把种子种在地里。

薄土地上,麦子正陆续收割,这是在给玉米腾出地方。不久,这片白花花的麦茬地,就会萌生出玉米的新绿。

6月1日

五个少年,全身赤裸,身上溅满紫黑的泥点儿,他们忙活着在一个近乎干涸的塘底捉鱼,淤泥里印满他们杂乱的脚印。水边有他们用手围起的几个不规则的水窝,里面放着他们捉到的两三寸长的野生鲫鱼。

我是到田野里看玉米时发现他们的。今天是六一儿童节,又是星期天,城里的儿童乐园、铁山公园、文化广场人员爆满,门口的汽车在马路边上排起了长龙。我的女儿此刻正在"人和剧场"与小伙伴们表演她们精心准备了一个多月的舞蹈节目《小叮当》,她的妈妈在台下哗哗地拍照。今天对于这几个像玉米一样皮实的农村少年,也许就是一个平平常常的星期天,他们可以无拘无束地到处疯跑、玩耍,此外再无其他意义。

塘畔是茂长的初生芦苇,一个老汉赶着一群白云般的羊慢慢游移。更远处有几片新播种的玉米地。更多的地块玉米还没有种上。地有些干,人们大概正等着一场雨的降临。

6月3日

晨,阴云密布。早餐时分,雨落。雨点打在树叶上,啪啪地响。我闭目自语:"下吧下吧。"雨刚刚湿了地皮,猛地停了。上班路上,已现白云蓝天,太阳出了,天晴了。同事见了就谈天气:没下下来啊。要是下下来就好了。缺雨了啊。干啊。

玉米正等着雨。

6月4日

雨,不紧不慢地下了一夜,点点入地。先是小雨,继而是雷阵雨。这场透地雨好似专为玉米而下的。

清晨,走出户外,扑鼻的是树脂的清香。这里面混合了杨树、槐树、柳树、榆树、梧桐、樗树、楝子、桑树、侧柏以及冬青、女贞和太阳草的气息。平时我们闻不到这样的气息。夜雨把人散发出的浊气和各种机器排出的废气彻底涤净了。

到玉米地里去。在这个雨后的早晨,我嗅到了玉米幼苗的清甜气息,这样的气息能消除人的躁性和烦忧,让人很快平静下来。仔细想想,类似的气息还有小麦的气息、大豆的气息、绿豆的气息、高粱的气息、谷子的气息、芝麻的气息、花生的气息、地瓜的气息……它们青生中夹杂着泥土的腥气,是那么独特,那么清爽。

6月5日

雨后晴日,土壤湿润,麦地里晃动着点播玉米的人。借着这一场雨,方圆数百里地的玉米都可以适时播种了。

今日芒种。平原上的小麦已经成熟,公路上穿行着体型庞大的联合收割机,机体上缠绕着一绺一绺的麦秸。大规模的麦收开始了。

早播的玉米，已经在麦垄里露出头来，娇嫩、羸弱，但隐在麦棵下的那抹新绿却叫人看了欣喜、振奋。

6月6日

十来只细狗，分属两个主人。细狗在地头上弹跳、嬉戏。主人朝地里扔出一枚石块，细狗蜂拥向前，追逐、寻觅，兜一个圈儿又回到主人面前。

曾家沟村北。大片小麦刚刚收割完毕，大地一下子显得空旷、辽远。细狗的主人试图发现一两只原先藏身在麦地里的野兔，让细狗练练功夫，也给自己增加些下酒的佳肴。我只是担心细狗在地里踢踏，会踩坏一些刚刚生出的玉米。

不久，这片地上就会长出葱葱郁郁的玉米，玉米地里会滋生出另外的一些野物：刺猬、獾、黄鼬、蛇。密密的玉米丛林里也会发生一些神秘怪异的故事。

6月8日

黑玉米籽粒富含水溶性黑色素及各种人体必需的微量元素、植物蛋白质和各种氨基酸，营养含量明显高于其他谷物。其秸秆含糖量达 11.95%，比普通玉米秸秆高 1~3 倍，是奶牛、奶山羊的好饲料。

黑玉米目前在我国尚处于试种阶段。我们能像喜食黑豆、黑麦、黑芝麻、黑枣、黑花生一样喜食黑玉米吗？

瞧，它们的名字有多么美——黑珍珠、中华黑、南韩黑包公……

成熟的黑玉米色泽独特，营养丰富，香黏可口，最宜鲜食。

6月10日

印度红玫瑰爆裂玉米。巴西五彩黏玉米。泰国花仙子黏玉米。韩国紫金香黑玉米。日本白如雪甜糯玉米。

单从名字就可看出来，它们是从国外来的。它们和人不一样，它们来了就不走了。这些携带着独特基因和神秘生命密码的种子一旦落入土地，仍然不改本色，呈现给人们一片绚丽，一片斑斓。有的红如玛瑙，有的黑如墨玉，有的黄如精金,有的白如瑞雪。有的红黄相间,有的黑、白、红、黄、紫相杂,而那缀满斑驳颗粒的一穗玉米却是由一粒看似非常普通的黑色种子生成的。

彩色玉米可爆花,可鲜食,可速冻保鲜,亦可加工。

但是,它的美丽让有些人合上了嘴巴。在不少饭馆和家居,我看到人们把各种色彩的玉米穗子挂在墙上用于观赏,不是从胃肠进入人体,而是从眼睛深入内心。

6月15日

麦收结束。整个田野都属于玉米了。

6月19日

"看,我种的玉米。"我指着种在花盆里的玉米对朋友说。朋友扭头看了一眼,什么也没说,接着就走了。他心里大概想:一棵玉米,有什么好看的? 或者:在花盆里养一棵玉米,还叫别人看,有病啊?

如果花盆里不是一株玉米,而是栀子米兰茉莉一类,他也许会蹲下来看一看,问一问它们什么时候开花啊,香不香啊,然后再夸我真会养花啊真懂生活啊……

6月23日

女儿上学的幼儿园门口,似乎常年都有卖玉米的。"鲜玉米——刚出锅的鲜玉米——"

放学的孩子呼啦啦拥出校门,央妈妈买一穗烫手的玉米,坐在自行车特制的后座上啃食,走到家,人饱了,就在楼下疯跑。吃饭的时候,爸爸妈妈伏在楼上打开的窗子上三遍五遍地喊,都喊不回。

庄稼日记

6月28日

小喇叭口期(还有大喇叭口期)。

"喇叭口"直直地对着天空。而"喇叭口"的底部深扎大地。

大地在向天空诉说什么？询问什么呢？

大地的秘密？天空的苍茫？生命的奇妙？时光的悠远？成长的快乐和忧伤？

6月29日—7月19日

去新疆旅行。跨越山东、江苏、安徽、河南、陕西、甘肃、新疆七个省区。沿途经过如下地方：滕州、枣庄、徐州、砀山、商丘、兰考、开封、郑州、巩义、洛阳、三门峡、灵宝、渭南、西安、蔡家坡、宝鸡、天水、甘谷、陇西、兰州、武威、金昌、张掖、清水、酒泉、嘉峪关、疏勒河、柳园、哈密、鄯善、吐鲁番、乌鲁木齐。然后从乌鲁木齐出发至库尔勒至阿克苏至喀什至和田，由和田通过沙漠公路穿越中国第一大沙漠——塔克拉玛干大沙漠回到乌鲁木齐。

我从东部沿海深入亚洲腹地，在亚洲大陆地理中心兜了一个圈子又原路返回。

我要说的是，这漫长的路途上都生长着旺盛的玉米。山东、河南、陕西，火车穿行的大地上，玉米是这大片土地上的主要作物。进入甘肃，玉米渐少。到了新疆，瓜果、油葵、棉花渐多，但路旁仍能看到成片的玉米。在火车上，我碰上从不同车站上来的新疆人就问："你们那儿种玉米吗？"他们说："种啊。"刚到和田，我就问接待我们的当地朋友："咱们和田有玉米吗？"他肯定地答："有啊有啊。"随即有些纳闷地看着我，猜不透到了和田不问玉却问玉米是什么原因。

在新疆旅行历时20天。去的时候，中原地区的玉米刚刚起苗，而来的时候玉米已经是郁郁葱葱了。

7月20日

女儿站在一株玉米前，用手比试了一下，说：呀，玉米快赶上我高了。

女儿 1.17 米,长了六年,而玉米才长了 50 天。在一场场夏雨和一阵阵热风中,玉米很快就会高过女儿,接着高过 1.75 米的我。等到玉米长成了身个儿,再高的人进了玉米地也会被淹没。

没有人能高过一株玉米。

7月21日

根朝下长,茎和叶往上长,它们从哪儿分开用力?哪里是它们的发力点?地面?还是地下几公分处种子裂变的地方?

同样需要水分、养料和空气,是根吸收了供给茎和叶,还是叶承接了通过茎输送给根?抑或同时?那么,它们又是在哪儿相会?

7月22日

一连几天都是阴雨。这几天的气象预报是:阴有小到中雨。雷阵雨。中雨转雷阵雨。大到暴雨。明天仍是暴雨。没有阳光,人感到潮湿黏腻,周身不爽。

玉米也不喜欢这样的天气。玉米喜欢朗朗的日头,爽爽的透雨,热热的夏风,凉凉的夜露。他喜欢在这样的季候中刷刷地生长,痛快地歌唱。他像一个健壮刚硬的男子,干脆、利落,不拖沓,不缠绵。

早上到玉米地里去,玉米被雨季浓重的雾岚锁住,一片哑然,像排着整齐队列的被困囚徒,只等着云开雾散的艳阳天。

7月23日

方阵。看到齐刷刷的玉米地,我的脑海中总会跳出这个词。种子有优劣,肥力有差异,它们为什么长得如仪仗队一样惊人的一致。

是的,只有形同仪仗,只有组成方阵,才会整齐有力,坚不可摧。烈日,来吧;狂风,来吧;暴雨,来吧;虫害,来吧……这些,只会锻炼它们,考验它们,铸就它们。只会使它们更坚定,更顽强,更优秀。

这就是玉米,男儿本色的玉米。

7 月 24 日

《山东文学》1990 年第 9 期。因为有张炜的小说《钻玉米地》而被我保存到今天。重读,依然清新。

玉米地在张炜笔下是一个诱人的去处,是一片乐园。钻玉米地啊! 人们在玉米地里摘到了美味的香瓜,逮住了可爱的猫咪、猪仔,光棍儿在里面领出了俊俏的媳妇,老人在里面找回了美好的记忆,还有人见到了故去多年的亲人……玉米地应有尽有,你要什么那里就有什么。

是啊,一眼望不到边的玉米地,他提供给人的仅仅是一袋袋可餐的玉米吗?

肯定不是。

7 月 25 日

清凉夏夜,蛙声如潮。星空下的玉米正在这蛙鼓的催促下拔节、疯长。我总觉得,玉米是在青蛙的叫声中长大的,就像小麦是在布谷的声声啼鸣中黄熟的。

7 月 26 日

玉米抽穗了,穗就是它的花。它把花开在了顶梢,像一个乡间女孩高高竖起的朝天辫儿。把花开在顶梢的植物不少,如牡丹、罂粟、大丽菊,把果实结在顶梢的植物也不少,如小麦、高粱、向日葵,把花开在上面而把果实结在地下的植物也不少,如花生、山药、马铃薯。然而,把花开在顶梢,把果实放在当腰的,只有玉米。

7 月 27 日

去玉米地。沃野里的玉米地像一片丛林。一片数百亩的玉米地让你一个下午都走不出来。

路的两旁是挺拔的杨树，树冠里隐了数不清的知了，知了可着劲儿地叫鸣。光滑的树干上，偶尔能看到伏在上面的蝉蜕。一只轻盈的蝉蜕抓在树皮上非常结实，有时竟能持续一年之久。大概它在蜕变的时候十分费力，六只足狠命地往树上扎，扎的时候根本没打算再拔出来。我试着摘下一只蝉蜕，稍不小心就把它的两只前足折断了。

在一段硬化的水泥路面上，我惊讶地发现一只被轧扁的刺猬。这一准儿是一只夜行的刺猬，从这一片玉米地踽踽而行，到另一片玉米地里去，不幸被疾行的车辆压住，继而，一辆又一辆汽车把它的躯体轧得如同一张纸，而它披满长针的毛皮依然那么鲜亮。

玉米生长的季节，总有些事情让人陡生伤感。

7 月 28 日

一片许多年都种植玉米的大块土地上，如今栽上了齐刷刷的杨树。惊诧之余，我打通镇上一个干部的电话，那个干部说："这是出于效益的考虑啊，种树比种玉米效益高得多。你们文人啊，哪里知道这些……"

7 月 29 日

玉米不娇贵。它不像橘子只能生长在南方，柿子只能生长在北方。它在哪儿都行。因此，它的足迹遍布中国大地。

我国有六个玉米产区：(1)北方春播玉米区。自北纬 40°的渤海岸起，经山海关，沿长城顺太行山南下，经太岳山和吕梁山直至陕西的秦岭北麓以北地区。包括黑龙江、吉林、辽宁、宁夏和内蒙古的全部，山西的大部分，河北、陕西和甘肃的一部分，是我国主要玉米产区之一，常年玉米播种面积占全国的 30%左右。(2)黄淮海平原夏播玉米区。南起北纬 33°的江苏东台，沿淮河经安徽至河南，入陕西沿秦岭直至甘肃省，包括黄河、淮河、海河流域中下游的山东、河南全部，河北大部，晋中南、关中和徐淮地区，是我国玉米最大的集中产区，常年播种面积占全国的 40%以上。(3)西南山地玉米区。包括四川、云南、贵州全部,陕西南部和广西、湖南、湖北的西部丘陵地区以及甘肃的一小部分,为我国主要玉米产区之一,常年种植面积约占全国的 20%。(4)南方丘陵玉米区。本区北界与黄淮海平原夏播玉米区相连,西接西南山地套种玉米区,东部和南部濒临东海和南海。包括广东、福建、浙江、江西、台湾等省全部,江苏、安徽的南部,广西、湖南、湖北的东部,玉米种植面积较小,约占全国玉米总面积的 5%。(5)西北灌溉玉米区。包括新疆全部和甘肃的河西走廊,常年播种面积占全国的 3%。(6)青藏高原玉米区。包括青海省和西藏自治区以及四川西部、云南西北部和甘肃的甘南自治州。

在这些地区,玉米的生长境况都不好。我国有三分之二的玉米分布在丘陵旱地上,基本上依赖自然降雨,所以我国的玉米又称为"雨养玉米",只有蓄住天上雨,保住土中墒,玉米才会有收成。在北方春播玉米区,"玉米主要种植在旱地上,灌溉地玉米面积不足五分之一"。在黄淮海平原夏播玉米区,"大约有三分之二的玉米分布在丘陵干旱地区,单产低于全国平均水平"。在西南山地玉米区,"近 90%以上的土地为丘陵山地,河谷平原和山间盆地只占 5%"。南方丘陵玉米区"属热带和亚热带湿润气候,气温较高,降雨丰沛,霜雪很少,适宜农作物生长的日期在 220~365 天"。但此区"是我国主要水稻产区,玉米面积波幅较大,产量亦不稳定"。西部灌溉玉米区"气候干燥,降雨量在 100 毫米以下,是发展玉米的限制因子"。而在青藏高原玉米区,"玉米是新兴作物,栽培历史很短,种植面积不大"。

玉米,从热带雨林气候的老家来到东亚,可谓吃尽了苦头。

7 月 30 日

玉米有多少种?

若按玉米籽粒的形态与结构分类,有硬粒型、马齿型、半马齿型。按生育期划分有春玉米和夏玉米,夏玉米又有早熟、中熟、晚熟等不同品种。而按籽粒成分与用途分类,又有优质白玉米(主要品种有冀玉 10 号、中单 9409)、高油玉米(高油 115)、爆裂玉米(沈爆 3 号、津爆 1 号、豫爆 2 号)、甜玉米(包括普通甜玉米、超甜玉米和加强型甜玉米。主要品种有超甜 1825、超甜 1822、中种甜 1 号)、青贮玉米(青贮专用型玉米、粒秆兼用型玉米和粒秆通用型玉米。主要品种有中北青贮 410、奥玉青贮 5102、辽单青贮 625)、糯玉米(石彩糯 1 号、彩糯 1 号、万粘 1 号)、笋玉米(又叫玉米笋、娃娃玉米。推荐品种为石多 3 号)。

8月1日

玉米须长起来了,粉红色的,淡紫色的,浅绿色的。玉米长须的时候,好似一个青少年悄悄地长出了胡须,标志着他即将告别懵懂时代而渐趋成熟。

8月2日

玉米高过人头,挡住了人们的视线,满眼都是玉米玉米玉米。

因为在玉米地里曾经发生过的抢劫、强奸等恶性事件,即使在日光朗朗的正午,人们行走在玉米地里也陡增了几分惧怕。

早年在基层工作,经常只身一人在漆黑的夜里骑自行车穿越十几里路的玉米地回家。为了克服心理上的恐惧,尝试过打口哨、咳嗽、唱歌、不停地摁铃铛。有一次,由于拐弯拐得陡,连人带车骑到了沟里。

人对高于自己的物体的确有一种天然的畏怯。

记得有一个中学女教师给我说过,班里有一个调皮学生,个子比她高一头,每次从教室里把他叫出来,她瞥他一眼,第一句话就是:你给我蹲下。

8月3日

去平阳寺镇银张村参加仇广宽母亲葬礼。老人 1930 年生人,2005 年受洗归入基督,2008 年 7 月 30 日去世。遵照老人生前遗愿,按照宗教仪式举行葬礼,数百名基督徒为老人送葬。中伏第六天,气温:24℃~32℃,风力:无风向微风。大家冒着烈日为老人唱诗。墓地在村旁的玉米地里。玉米一人多高了,孝子高举着鲜红的十字架侧身穿进青葱的玉米地。愿老人在这片充满生气的绿色中得享安息。

8月5日

下午,单位里修剪草坪,将高于草的一切植物都割掉了。牵牛花、绞股蓝、拉拉秧、荆棵儿……还有我种的玉米。玉米种在花盆里,花盆隐在花丛里,此时,玉米穗上正悬着一片轻盈盈的花粉,在微风中飘落在玉米须上。玉米正在孕育阶段。但玉米棵儿一米多高,它亭亭玉立,太扎眼了。整草坪的人理所当然地把它当作杂草给除掉了。城市怎么能允许一棵玉米的生长?但城市里究竟允许什么东西生长?适合什么东西生长?城市里生长的东西都比玉米更好吗?都对人类有益吗?

8月7日

在玉米地里,经常会遇到这样的人:他空着手,行走在如村巷一般的田间小路上,或者蹲在自家的地头上抽一支烟。认识的不认识的,他都会亲切地问一声:"走走啊?""逛逛啊?"不用说,他刚刚看过了自家的玉米,玉米的长势很好。他只要用眼瞥一下玉米地,就能知道玉米的成色,准确地判断当年的产量。

他是一个实实在在的庄稼人。他跟玉米打了多少年的交道。他精心侍弄玉米,玉米也不曾亏负他。玉米用它金黄的躯体使他体魄强健,使他家猪肥牛壮。后来,玉米不再是人畜食用的主要粮食,他把多数的玉米拉到收购点卖掉,用卖玉米的钱办了许多事情,这些他一点都没有忘记。所以,他对玉米充满了浓厚的无需言说的感情,像从年少并肩长大相知多年的亲密弟兄。

8月8日

用玉米叶铺在蒸笼里,蒸出的馒头有一股特别的清香。

以前,类似的做法还有:用蓖麻叶包花生米、豆腐、豆腐皮,用荷叶包鸡、包肉、包干酱,用柳条串鱼……它们都比现在的方便袋强百倍。

8月9日

在作物杂交育种方面,玉米是应用最早,推广最快,也是受益最大的。

1900年,美国的育种学家伊斯特和沙尔几乎同时开始了玉米杂交的研究与探索。1905年春季,伊斯特在伊利诺斯州试验站种下了一个叫"利民"的玉米品种,严格隔离、自交。1906年,发现自交后代植株的生长势和产量都明显地下降了。1906年和1907年,沙尔将玉米植株进行自交,同时也将其中一些植株做了杂交。沙尔发现,自交授粉降低了玉米的生长优势和产量;而自交系的杂交后代产生出了意想不到的生长优势和很高的产量。

1908年1月28日,美国育种者协会在华盛顿举行全美农作物遗传育种学术会议,伊斯特和沙尔都参加了。两个人所报告的几乎是完全相同的试验,获得的几乎又是完全相同的结果。但不同的是,沙尔把瘦小干瘪的两个自交系进行杂交,产生了极为强大的、几乎是爆发式的生长优势,玉米的产量显著地提高了。

高产杂交玉米诞生了,怎样才能生产大量的杂交种子并应用于生产呢?青年科学家唐纳德·琼斯毛遂自荐,愿意在伊斯特教授指导下完成这项工作。1917年春季,琼斯种下了两个玉米单交种子。一个是由"利民"品种培育的两个自交系杂交产生的;另一个是由"白磨石"品种培育的两个自交系杂交产生的。两个单交种植株生长整齐,茎叶繁茂。秋初,当玉米雄穗刚刚露头时,琼斯就把"白磨石"单交种植株上的雄穗拔掉,用"利民"单交种植株雄穗上的花粉给它授粉。正如琼斯所预料的那样,两个单交种的杂交后代都获得了高产。收获的种子就是可供生产上采用的双杂交种子。琼斯满怀激情地宣布,他成功地解决了杂交玉米繁育种子的难题。1918年,琼斯创造了玉米"双交"法。他利用四个自交系进行杂交。A和B、C和D各组成一对杂交,当其后代再杂交时,就可得到一个由ABCD组成的双交种。"双交"法为选育杂交良种提供了切实可行的方法。

1921 年,美国康涅狄格州农业试验站报道了第一个生产用双交玉米品种。1926 年,华莱士和裴斯特选育出适于高产杂交玉米品种。1930 年,杂交玉米开始向美国农民广泛推广。1933 年,美国玉米带杂交玉米种植面积只占总面积的 0.4%,到 1943 年,双交种已占美国播种面积的 50%,1960 年占到 96%,增产幅度从 50% 到 90%。1960 年代后,美国又发展了制种手续比较简便并能进一步增产的单交和三交玉米。

1945 年 10 月,美国著名玉米遗传学家斯坦德勒在一次政府听证会议上指出:联邦农业部 1920—1945 年为玉米育种研究的总支出接近 500 万美元,而这一投入的报酬达到 20 亿美元,也就是说产出是投入的 25 倍。

联合国粮农组织于 1947 年 7 月在意大利贝加莫市召开"世界种子改良会议",首次把杂交玉米及其育种技术介绍到欧洲;粮农组织发起一个持续 10 年的"世界种子运动",有 79 个国家参加,主旨是引进和培育玉米良种以增加粮食产量。从 1952—1962 年,欧洲的玉米产量增长 80%。由华莱士创建的杂交玉米先锋种子公司的业务随之扩展到欧洲、亚洲和非洲。

从双杂交种到单杂交种的应用是世界玉米产量增长的又一次飞跃。

1963 年美国迪卡公司培育出第一个玉米单杂交种 XL45,由于其高产性和整齐度优于双杂交种而在生产上迅速推广。到 1970 年代后期,美国已用单交种代替了大部分双交种。

1980 年代以来,以分子遗传学为核心,将生物技术用于玉米育种。从 DNA 重组和基因克隆技术发展起来的转基因育种技术,已成功地克服了物种间的生殖隔离,把外源基因导入玉米。

2000 年,美国培育和种植的转基因玉米已占玉米总面积的 26%,阿根廷、加拿大也种植有很大面积。

杂交优势理论还能把玉米产量提多高? 美国科学家托勒尔著文称:在美国玉米带优越的自然条件下,随着新型杂交种培育和栽培技术的改进,玉米的潜在理论产量每公顷可以达到 75000 公斤;到 21 世纪的某一时期,玉米高产纪录可以突破 30000 公斤（折亩产 2000 公斤），届时玉米将名副其实地称为"作物高产之王"。

8 月 10 日

美国玉米带有一位农民叫赫尔曼·沃尔索，长期以来一直探索玉米高产之极限，连续 20 年创造美国乃至世界玉米高产纪录。1975 年他的玉米高产田创造了每公顷 21210 公斤（折合亩产 1414 公斤）的高产纪录。1985 年再创玉米每公顷产量 23220 公斤（折合亩产 1548 公斤）的高产纪录。被誉为世界玉米高产之星。

不知道他的这项成果是否进入了世界吉尼斯大全。

8 月 11 日

他，38 年如一日，致力于玉米育种和高产栽培技术研究，率先选育出紧凑型杂交玉米新品种 80 多个，七次刷新我国夏玉米高产记录，两次刷新世界夏玉米高产记录。开创了我国紧凑型玉米育种先河和玉米高产栽培技术道路。

他先后获得 29 项植物新品种权，六项国家发明专利。在他的试验田里，玉米、小麦两季能产吨半粮，一亩地能养活四个人。他培育的玉米高产品种在全国累计推广 10 亿亩，增产粮食 800 多亿公斤，实现经济效益 1000 亿元。

他就是李登海。

他有许多美丽的光环——"全国新长征突击手""青年自学成才标兵""学科学用科学青年标兵""全国农林科技推广先进工作者""全国农村科技致富能手""中国科学技术协会青年科技奖"获得者、"全国先进工作者""全国科技工作奖"获得者、"中青年有突出贡献专家""中国十大杰出青年""中国优秀民办科技实业家""全国青年科技先锋""中国优秀民营企业家""紧凑型玉米试验、示范、推广先进工作者""中华农业科教奖"获得者、"亚洲农业研究发展基金奖"获得者、"全国农业科技推广先进工作者""全国先进科普工作者""全国星火标兵""全国农业科技先进工作者""中国优秀民营科技实业家""全国优秀民营科技企业家奉献奖"获得者、"中国玉米产业重大贡献奖"获得者……2004年,他主持的"高产玉米新品种掖单13号的选育"获国家科技进步一等奖。2009年在共和国成立60周年之际,他被评为100位新中国成立以来感动中国人物之一。

但是,众多的头衔都赶不上这一个——"中国紧凑型杂交玉米之父"。他是研究培育玉米的,他的名字理应和玉米连在一起。

走向成功的路是异常艰辛的。李登海初中毕业回乡务农时,当时农民种的玉米品种还是"二马牙""小粒红"等普通农家种子,一亩地也就打二三百斤。而在一本杂志上,李登海却知道美国的玉米亩产已达到2500多斤。这是什么差距?从此,李登海开始了玉米种植试验,探索玉米高产的道路。

李登海没有学历。他出生于1949年,初中毕业就赶上了"文化大革命",他接受的那点正规教育用在科学育种上肯定不够用。1974年,李登海被村党支部推荐到莱阳农学院(现青岛农业大学)进修,"恶补"科学知识。1984年,李登海夫妇带着五个光棍汉和四个毛头小伙子,在自家的厢房里办起了"掖县(今莱州)后邓农业试验站",开始了他的创业历程。当时他们的家底是:三间老屋,几条麻袋,几个箩筐,还有锨镢犁耙等原始农具,还有被李登海视若珍宝的几千份玉米育种材料。

培创高产田需要有机肥,有机肥从哪儿来?李登海把给小学和敬老院清厕的活儿包下来,他们把农村"三大苦",即最脏最累的"扔粪、打炕、拆破屋"揽了下来。

在最艰苦的日子里,为抢墒播种玉米试验田,李登海带领他的伙伴们没黑没白地干,常常忙活到凌晨,而次日一早又要起来灭茬、施肥、开沟、播种。李登海常说:"屋里种不出玉米。"他的工作制一贯是:"从看不见开始干,干到看不见。"

为了在海南搞加代育种,李登海来到黎族兄弟聚居的陵水县荔枝沟,这片人迹罕至、蛇窜鼠跳之地。那是1978年冬天,他背着一大包干萝卜丝和猪大油,还有用于加代繁育的玉米种,汽车、火车、轮船一路颠簸,跋涉八天八夜,从山东掖县赶到这儿，开始了他长达 30 年的南繁育种历程。育种期间，他们住的是砍削树枝搭建起来的窝棚，海南多雨，他们草草搭建的窝棚怎能防风挡雨？于是外面下"屋"内也下，外面不下了，"屋"里还在下。蚊虫、老鼠、蛇蝎还频频骚扰，常常，他们在床上睡，这些野物就在床下或被子上窜行。吃的就更简单了——三块大石头支起一口铁锅，用干萝卜丝煮一锅汤，下进去面疙瘩，就是一顿"美餐"了。怕黎族老乡的水牛跑到地里毁坏玉米苗，他们就到山上砍来树枝圈起篱笆。而盘踞在树上的毒蚁弄不好就会落到头上和脖子里，痛痒难忍。但是，尽管如此小心翼翼，还是防不胜防。一次，李登海到陵水县城买东西，傍晚回来时，他不愿看到的事情还是发生了，两头水牛正在他们的试验田里啃食玉米苗，整块地里一片狼藉。李登海脑子一下子懵了，这个山东汉子扔下手里的东西，一屁股坐在地上大哭起来。从那，李登海落下个病根儿，就是一听见牛叫就头疼欲裂。

就这样，从掖县后邓农业试验站，到莱州市玉米研究所，莱州市农业科学院，莱州市登海种业（集团）有限公司，山东登海种业股份有限公司。从两万元资产、几个人的"科技个体户"，发展成正式发行上市的全国种业五十强的现代化大公司，李登海将他的这一"产品"在全国做大做强了。

李登海从一个农民，脚上沾满泥巴，头上顶着玉米花粉的庄稼汉子成了全国人大代表，并连续两届当选全国人大常委，并任第十、十一届全国人大农业与农村委员会委员，中共山东省委委员，国家玉米工程技术研究中心（山东）主任。

李登海是个普通人，他会哭、会笑也会唱。他尤其喜欢唱这么一首歌——

　　睡意朦胧的星辰，

　　阻挡不了我行程，

　　多年漂泊日夜餐风露宿。

　　为了理想我宁愿忍受寂寞，

　　饮尽那份孤独。

　　抖落一滴滴尘土，

　　踏上遥远的路途，

满怀痴情追求我的梦想。

三百六十五日年年的度过　过一日行一程。

三百六十五里路呀　越过春夏秋冬，

三百六十五里路呀　岂能让它虚度。

我那万丈的雄心　从来没有消失过，

即使时光渐尽依然执著。

自从离乡背井已过了多少

三百六十五日。

三百六十五里路呀　越过春夏秋冬，

三百六十五里路呀　岂能让它虚度。

三百六十五里路呀　从故乡到异乡，

三百六十五里路呀　从少年到白头。

有多少三百六十五里路呀　越过春夏秋冬，

三百六十五里路呀　岂能让它虚度，

三百六十五里路呀　饮尽那份孤独。

　　这首歌叫《三百六十五里路》，很多歌手唱过它，有包娜娜、文章、刘紫玲、黑鸭子合唱组、许乐、老兵、唐逸、八只眼、庄学志、花样年华、马韵佳、青燕子合唱组、含笑、米线……谁都能唱。

　　我没有听过李登海唱这首歌。从技术上讲，他唱得肯定不会太婉转，也不会太悠扬，更不会太煽情。但他会唱得很投入。

　　是啊！三百六十五里路，越过春夏秋冬，从故乡到异乡，从少年到白头……谁能数算这其中的甘苦，谁能体悟这其中的悲辛。李登海，这个和玉米打了一辈子交道历尽艰辛不屈服的北方汉子，会在一首舒缓的歌声中情不自禁地流下泪水，他的泪滴会像一粒粒露珠从平展宽大的玉米叶片上轻轻滑落。

8月13日

种子是丰收的基础，又是高产的关键。为适应不同区域的环境条件，各种特性的优质种子应运而生——冀玉 9 号、冀玉 12 号、郑单 958、农大 108、先大 108、先玉 335、金海 5 号、冀玉 988、锐步 1 号、三北 8 号、浚单 22、京玉 7 号、永玉 8 号、永玉 2 号、浚单 18、鲁单 981、浚单 20、冀玉 10 号……

想起一个故事，发生在 1955 年，那时候推广的玉米良种是"金皇后"，取代以往的"小粒红"。1955 年秋天，全国劳模汇聚北京开经验交流会。来自太行山平顺县的全国劳模郭玉恩盯住农展馆里的几穗黄灿灿的玉米惊得合不上嘴。他天天都来看这几穗玉米，服务人员感到很奇怪。一天，服务人员顺着郭玉恩的目光看过去，发现玉米像老鼠啃了似的，豁豁牙牙不再完整了。郭玉恩被扣住了。这位从山里来的劳模孩子似的哭了，并"耍赖"说："劳模可以不当，玉米我不会给你。"

他抠下来的玉米就是"金皇后"。

那年以后，金皇后在平顺县迅速推广，产量猛增，叫山沟里的农民吃上了饱饭。

8月14日

护林房隐在玉米地里。每次回村我都从那儿经过。

那个护林房住着一个老人，原来我以为他是个护坡的，村里有着他真正的家。后来才知道他一年四季都住在这里，冬天在这里，春节也在这里，这里就是他的家，他只有这么一个家。夏天我几乎每天都从他的门前经过，就经常遇上他从村里刚刚回来，他插好自行车去开门，车把上总是挂一把长长的豆角，他的自行车已锈成褚黑色，谁知道它驮着主人走了多少路。更多的时候是见到他坐在屋山头吃饭，有时候是用茶盅喝酒，有时候是捧着一个粗瓷大碗，吃饭的时候他一般都光着上身。如果不是正吃着饭，他的嘴里准嚼着一支老式的漆黑的装旱烟末的烟斗，表情漠然地坐在石渠上。这种烟斗已经很少见到了，印象中他是我十年中见到的唯一的一个端着这种烟斗吸烟的人。我想他一准是村里的一个鳏夫,他嚼着烟斗的时候大概正回想着那些甜蜜的或者酸涩的往事。很长时间以来,因为住着这么一位老人,我觉得这片田野特别亲切,特别温暖。我想那些在夏天玉米长高以后从这条路上夜行的人一定也感到特别安全。只是我觉得老人该养一条狗,不然的话,在没有月亮的夜晚,在大雨如注的黄昏,在北风呼啸的清晨,在大雪飘飞的白昼,有谁给他做伴?

如今,那位老人不见了。我先是看见从护林房檐下伸出来的一截铁皮烟筒没有了,近了才看到原来没有注意用什么材料做成的小窗户成了一个黑洞,在卸下它的时候还扯下了一溜墙皮,带掉了窗边的几块红砖,可以想见干这件事的那个人使了多少没用的力气。在原来窗子的下面,那片用黄色涂料刷过的墙上,赫然写着三排石灰字:供肉狗/兖州肉狗总场供种回收/电话×××××××。如果这个时候走进这间小屋,肯定尚能闻到老人留下的气味,这种气味不是哪一样东西生发的,那是他的不大常晒的被褥、洗得不勤的衣服,他过冬的咸菜,他的那辆破自行车以及他在屋里生炉子做饭混合而成的。只是人已经远远地离开了它。大约为了证实一下是否真的就有那样一种气味,我把头从那个黑洞里伸进去,结果却发现这个小屋出奇的狭小,我想这个时候如果让我重新将老人的床铺、锅灶,他的桌凳、自行车一一摆放到这个小屋里,无论如何我也做不到。

这座小房子以后还有什么用途? 大约是这么两种:供遭了急雨的人护身;供过路的人解手……直到它再也派不上什么用场。

8月15日

玉米是使用农具最少的一种庄稼。种,用一只点播器(就是前面写到的一根竹竿连着一个铲头的那种农具)就行了。掰玉米用手。砍伐玉米秸用一把短柄板镢。剥玉米更简单:一把针锥或一把螺丝刀即可。先纵着像挖渠一样开出几道沟儿,然后用手依次将"沟"两边的玉米剥下。或者两只这样的玉米棒儿对搓,玉米粒就哗哗地落下来,下面使一只簸箕接住就行了。它不像别的作物,从种到收,要使用十多样农具,耕、耙、播、锄、割、晒、翻、轧、扬、筛,放下这样就是那样。玉米不给人添这么多麻烦。

8月17日

玉米地里有一种植物,叫马匏。小时候割草经常能够见到它。马匏很能结,细长的秧条上往往挂着十来个,马匏栗子大小,颜色青绿,秋后逐渐变黄、发香。有时候,我们摘下一只马匏在手中捏弄,直至它的表皮变软、变薄。如果稍一用力,马上有银色的籽粒被挤出来,喷到脸上、身上,同时它香甜的气味也漫溢出来。谁会想到呢? 一种野生植物,它独特的气息黏在衣服上,总也洗不掉,竟带到今天。

8月19日

玉米植株高大,看上去威风凛凛,弱小的害虫能奈它何?

但是,虫子自有自己的高招。它们是从什么地方蚕食玉米的呢?

——从最柔嫩软弱的地方。

地蚕(又叫土蚕、切根虫、地老虎):昼伏夜出,咬食玉米幼苗的根或茎基部(苗期,其茎是多么脆嫩,根又是多么细弱,通体透明,饱含汁水)。

玉米螟(又称钻心虫):啃食心叶。雄穗抽出后,玉米螟就钻入雄花为害。雌穗出现后,它即转移至雌穗取食花丝和嫩苞叶,蛀入穗轴或食害幼嫩的籽粒。另有部分幼虫由茎秆和叶鞘间蛀入茎部,取食髓部,使茎秆易被大风吹折(心叶、初花、幼穗、花丝、嫩粒、髓……如何抵挡)。

粘虫(俗称螟蝗、行军虫、夜盗虫):1、2 龄幼虫多隐藏在心叶或叶鞘中昼夜取食;5、6 龄幼虫为暴食阶段,啃食叶片和穗轴。

红蜘蛛(又称火龙、火蜘蛛、红砂):刺吸叶片组织养分,致使被害叶片先呈现密集细小的黄白色斑点,以后逐渐褪绿变黄,最后干枯死亡(刺吸,玉米又能奈它何)。

蚜虫:为害心叶、雄穗、花丝和苞叶,吸食有机营养,又能传播病害。

耕葵粉蚧:主要以雌成虫在近地面的叶鞘内及根部刺吸植株汁液。

此外,还有玉米蓟马、蛴螬、金针虫、蝼蛄、大垫尖翅蝗、亚洲飞蝗、宽须蚁蝗、小翅雏蝗、狭翅雏蝗、西伯利亚蝗、苜蓿夜蛾、甜菜夜蛾、小麦皮蓟马、赤须盲蝽、斑须蝽、粟缘蝽、粟茎跳甲、粟灰螟、高粱条螟、草地螟、桃蛀螟、白星花金龟、禾谷缢管蚜、灰飞虱、叶蝉、叶螨……

更加可怕的是它们惊人的繁殖能力——地蚕一年可发生 2~7 代；玉米螟 1~6 代；粘虫无滞育现象，只要条件适宜，可连续繁育；蚜虫世代交替，四代群聚于心叶、叶鞘、叶筒中，吸食植株汁液……"虽我之死，有子存焉；子又生孙，孙又生子；子又有子，子又有孙；子子孙孙无穷匮也。"如此疯狂，如何了得！就像肉眼看不到的病菌在我们庞大的身躯内横冲直撞，为非作歹，我们只有提前预防和有效追杀。

8 月 20 日

一场风雨过后，有的玉米连片倒伏，主人站在地头上不住地摇头叹息。

什么原因？有种子问题，有种植密度问题，有肥水问题，更有病虫作祟。

玉米这种高杆作物，一旦倒伏，损失比其他任何谷物都重。

看到匍匐在地面的玉米，我总想起村里的几个强悍而折损的生命——

孙维迎，食量惊人，力大无比，能双手举起一个石质碌碡。几年前，因病摘取左肾，从此面容消瘦，衣带渐宽，再也不能干重活儿。

孙善吉，四肢发达，头脑聪慧。初中毕业后托远门亲戚去矿上下井，去年遇矿井塌方，砸断了腰椎，致全身瘫痪。

满在江，我的高中同学，幽默风趣，身体康健。三代单传，家贫。今年媳妇刚为他生下双胞胎，两个男婴。前不久，在城里打工时，从脚手架上掉下来，左腿膝盖粉碎性骨折。我见到他的时候，尚挂着双拐。不知他能不能尽快地站起来，为两个儿子撑起一片天空。

8 月 22 日

一粒红色的七星瓢虫伏在宽大碧绿的玉米叶上，静卧或者缓缓蠕动，这本身就是一幅画了。你如果用手指肚儿轻轻地触动它，它会立即从叶片上滑下来，细弱的三对长足紧紧抱起，假装死去。假若你有足够的耐心等着它，不大一会儿，它就会悄悄地活动足部，借着一根草梗慢慢爬动，翻过身来。它还会裂开两扇对合的壳儿，亮出翅膀作短距离的无声飞翔。

这样的画面永远也不属于那些坐在办公楼里吹着冷气闲翻报纸的人。永远也不属于那些在穿越玉米地的在柏油路上驾车奔驰的人。

8月29日

蟋蟀是玉米地里常见的昆虫。它像玉米地里走出的使者，告诉人们玉米就要成熟了。它穿着一身黑衣，显得稳重、大气，一下子就赢得了人们的信任。只是，我们这里的蟋蟀不怎么好斗。附近的宁阳县，蟋蟀出名的好斗。那里还有个蟋蟀节，听说一只蟋蟀能卖很多钱。我对这样的事情没有兴趣。宁阳的朋友几次相邀，让蟋蟀节的时候过去玩，我一回都没去过。我不忍看蟋蟀的撕斗，我喜欢听蟋蟀轻松舒缓的鸣唱。在蟋蟀的叫声中听秋风过耳，能够让人感知时间从眼前流逝，如河水冲抚洁白的细沙。这是秋天特有的声响。这是季节之声，这是大地之音。

9月1日

街上有卖蝈蝈的。秋浓了。

每年这个时候，街上都会出现一两个中年男子，脸黑黑的，肩扛一根扁担，扁担的梢子上系着一团用苇篾编成的小孩拳头大小的笼子，每个笼子里盛着一只深绿色的蝈蝈。蝈蝈在里面发出一串串低而脆的叫声。

问他们从哪里来，他们总是说：河北，保定。

9月4日

去烟台，横穿山东半岛。一路上，玉米成方成片。此时，玉米顶穗已经干枯，叶片泛黄，看样子已逐渐衰微，而玉米穗儿在秋阳的照耀下正一点点变得坚硬和饱满，像一个人正在开始下半生的生涯，身个儿不再生长了，但智慧正一点点结晶，思想正一点点成熟。

9月5日

报载：口粮消费占玉米总消费的比重在5%左右。随着时代的发展，这个比例有逐渐降低的趋势。饲料消费是玉米最重要的消费渠道，约占消费总量的70%左右。作为工业原料使用也是玉米消费的主要渠道。玉米不仅是"饲料之王"，而且还是粮食作物中用途最广，可开发产品最多，用量最大的工业原料。以玉米为原料生产淀粉（玉米—清理—浸泡—粗碎—胚的分离—磨碎—分离纤维—分离蛋白质—清洗—离心分离—干燥—淀粉），可得到化学成分最佳，成本最低的产品，附加值超过玉米原值几十倍，广泛用于造纸、食品、纺织、医药等行业。玉米淀粉制取的淀粉糖有葡萄糖、果糖、麦芽糖等。葡萄糖是医药业的重要原料，可进一步生产出青霉素、红霉素、维生素等多种药品。玉米淀粉深加工制成的玉米糖浆易被人体吸收利用，是制作糖果、糕点、饮料和罐头的优良甜味剂，也是预防高血压、糖尿病及心血管病的理想食品。利用淀粉生产低聚糖增加的价值是淀粉本身的7.8倍。以玉米淀粉为原料生产的新型环保塑料具有生物降解功能，在治理白色污染中具有独特作用。玉米淀粉高强度黏合剂，既是用途极广的工业原料，也是纺织工业中三大浆料的第一大类，市场容量极大。利用玉米淀粉还可以生产山梨醇、高级水性树脂、变性淀粉、包醛氧淀（医用）等。以玉米淀粉为原料生产的酒精是一种清洁的"绿色"燃料，有可能在21世纪取代传统燃料而被广泛使用。

但是，我对于玉米的温馨记忆和美好情感还是来自于作为食物的玉米带给我们的温饱以及快乐。

我想，现在的年轻人身个虽然高大，但不结实、没力量，腰杆不硬，说话没底气，走路蔫蔫的，办事小里小气，是不是吃的肉、蛋、禽、奶等甜软的东西多而吃玉米、地瓜、大豆等生鲜的东西少的缘故。

9月6日

玉米富含蛋白质、脂肪、淀粉、维生素 B1、维生素 B2、维生素 B6、维生素 A、维生素 E、胡萝卜素、纤维素以及钙、磷、铁等。其脂肪含量为精米白面的 3~6 倍;蛋白质含量略高于精米白面;纤维素则是后者的 4~10 倍;胡萝卜素含量比大豆高五倍;每百克玉米的含钙量高达 22 毫克,在谷物中是少见的。越来越多的科学研究证实,玉米的营养价值比原来人们认识的高,比如玉米所含的氨基酸已分析出 10 种,而且数量充足,比例适当。玉米是人们公认的长寿食品。在世界五个著名的长寿地区中,至少有三个地区的居民以玉米为主要食物。这是因为玉米含有七种抗衰剂:矿物质钙、镁、硒、维生素 A、维生素 E、谷胱甘肽和不饱和脂肪酸,其中的谷胱甘肽与硒有很强的抗氧化作用,被称作具有生物活性的长寿因子。

玉米味甘性平。具有调中开胃,益肺宁心,清湿热,利肝胆,延缓衰老等功能。现代医学证实,玉米中含有丰富的不饱和脂肪酸,尤其是亚油酸的含量高达 60% 以上,它和玉米胚芽中的维生素 E 协同作用,可降低血液胆固醇浓度并防止其沉淀于血管壁。因此,玉米对冠心病、动脉粥样硬化、高脂血症及高血压等都有一定的预防和治疗作用。维生素 E 还可促进人体细胞分裂,延缓衰老。玉米中含的硒和镁有防癌抗癌作用,硒能加速体内过氧化物的分解,使恶性肿瘤得不到分子氧的供应而受到抑制。镁一方面能抑制癌细胞的发展,另一方面能促使体内废物排出体外,这对防癌也有重要意义。其含有的谷氨酸有一定健脑功能。

事实上,每一种植物都是一味不可取代的药材,它们身上都有独特的功效,它们之间相互作用,能疗治人间的所有病症,治愈人类的任何苦痛。

很遗憾,我们偏食了。于是,病菌乘虚而入,疾病花样翻新,旧病去了,新病又来,我们永远被病所包围而无法自拔。

附几例"玉米食疗方":

玉米须 30 克,车前子 15 克,甘草 6 克,或加小茴香 3 克,水煎服,治小便不通及膀胱炎,小便疼痛。

玉米 30 克,刺梨 15 克。加水煎汤服或代茶饮。有健胃消食及消暑的作用。用于脾胃不健,消化不良,饮食减少或腹泻,兼有暑热者尤为适宜。

玉米 30 克,玉米须 15 克。加水适量,煎汤代茶饮。用于慢性肾炎、水肿、小便不利。

玉米粉 30~60 克,将水在锅中烧开后撒入,并搅匀成稀糊状,待煮熟时加入脂麻油、葱、姜、食盐调味服用。用于高血脂症、高血压、冠心病等病人服食。

玉米须 30 克,茵陈、蒲公英 15 克,水煎服,治肝炎、黄疸、胆囊炎、胆结石。

玉米须、香蕉皮各 30 克,黄栀子 10 克,水煎后冷饮,治高血压、鼻血、吐血。

玉米芯 100 克,烧存性,黄柏 6 克,共研细末,每次 3 克,一日三次,温开水送服,治肠炎、痢疾。

玉米须 6 克,玉米 30 粒,蝉衣三个,蛇蜕一条,水煎服,每日一剂,疗程一个月;或用玉米须、西瓜皮、冬瓜皮、赤小豆适量,煎水代茶饮,持续服用,对慢性顽固性肾炎效果较好。

玉米研细粉与梗米适量同煮粥,用白糖调味食用。有宁心和血,调中开胃作用,适用于冠心病、高血压、高血脂、心肌梗塞、动脉硬化等心血管疾病及癌症的防治。

玉米须酿酒:玉米须 15 克,水煎 20 分钟后,去渣,加入酒酿 100 克,煮沸食用,有解热透疹作用,可治风疹块。

9 月 7 日

高油玉米的含油量为 7%~10%(普通玉米 4%左右),在粮食作物中是最高的。水稻 2.3%、小麦 1.9%、高粱 3.4%、大麦 1.9%、珍珠粟 5.4%、燕麦 7.0%。但它比油料作物的含油量却低得多——大豆 20%、油菜籽 40%、花生 50%、芝麻

55%、葵花籽 45%。

玉米油不仅营养丰富,而且还有很高的药用价值。

玉米油的热值较其他植物油高,为 9413 千卡/千克,芝麻油为 9330 千卡/千克,胡麻油为 9364 千卡/千克,花生油为 9410 千卡/千克。玉米油因熔点低,易被人体吸收,吸收率可达 98% 以上。

在常用植物油中,脂溶性维生素 E 的含量以玉米油最高(938 mg/kg,棉籽油 68.2 mg/kg,大豆油 49.2 mg/kg,花生油 44.4 mg/kg,菜籽油 44.1 mg/kg)。维生素 E 是一种天然的抗氧化剂,有保护亚油酸双键不被氧化的作用,延长了玉米油的保存期。维生素 E 同时对人体代谢有着多方面的调节作用,如加速细胞分裂繁殖、防止细胞衰老、保持肌体青春长寿等,还可以抑制过氧化脂质在血管中沉淀形成血栓,防止动脉硬化。缺乏维生素 E 会引起消化系统、泌尿系统的机能障碍,也会引起贫血、激素代谢紊乱,并损害性功能和生育能力。玉米油中还含有较多的维生素 A,它具有防止干眼病、夜盲症、皮肤炎、支气管扩张及癌症的作用。此外,玉米油中还含有谷固醇和卵磷脂,前者具有抗哮喘、预防皮肤皲裂的作用,后者具有降低胆固醇,加深记忆、改善脑功能的作用。

食用油质量的优劣,主要看油中各种脂肪酸含量的多少和所占比例的大小。植物油中含有的脂肪酸主要有:棕榈酸(又称软脂酸)、硬脂酸、油酸(十八碳一烯酸)、亚油酸(十八碳二烯酸)、亚麻酸、芥酸等,各种脂肪酸在不同植物油中所占比例是不同的。其中,油酸、亚油酸含量高的食用油品质较好。亚油酸是细胞膜的组成部分,对高胆固醇血症引起的动脉粥样硬化和高血压具有一定的疗效。高胆固醇血症、动脉硬化、高血压等疾病,一般是因血液中过多的胆固醇在动脉壁上沉积,使动脉硬化而引起的。亚油酸和胆固醇结合可以产生低熔点脂类物质,该物质容易在血管内移动,脱离动脉壁而达到降低胆固醇含量、软化血管的目的。不同油脂对人体血清中胆固醇含量的影响不同,食用动物油,特别是黄油,使血清中胆固醇的含量大大地提高。植物油有不同程度降低胆固醇含量的作用,其中以玉米油和红花油降低得最多,向日葵次之。大豆油和棉籽油中亚油酸的含量也高,但对降低胆固醇含量的作用不及玉米油大。这是因为,除亚油酸外,玉米油中还含有阿魏脂酸(谷维素)、植物甾醇等成分,都有降低胆固醇含量的效果。这些成分和亚油酸结合,并与维生素 E 共同作用,大大提高了玉米油降低胆固醇的能力。玉米油的主要成分是亚油酸和油酸两种不饱和脂肪酸,含量分别是 26.6% 和 58.7%,而饱和脂肪酸(主要是棕榈酸)仅为 11.5%。

目前美国是最大的玉米油生产国,占世界总产量的 50% 以上,是出口南欧和中东的主要商品。我国是世界第二大玉米生产国,种植面积大,产量高,在国内种植面积仅次于水稻和小麦。但我国玉米油只占食用植物油的很小比例,因此,玉米油的开发潜力是巨大的。玉米油理应尽快走上中国百姓的餐桌。

9月10日

发现这份资料的时候我的确有些惊讶。我没有想到玉米会做出这么多食物——

热菜类:松仁玉米、葡萄干玉米、双笋玉米、五色玉米、胡萝卜粒玉米、清炒嫩玉米、炒红薯玉米粒、芦荟玉米粒、烤肉玉米、挂浆玉米、玉米青豆、玉米笋炒山药、玉米炒三鲜、玉米煲土鸡、金玉满堂、三烀一蒸、玉米炖鸡胗、排骨焖玉米、玉米炖肉、南瓜炖玉米、玉米烩豆腐、鸡茸玉米……

凉菜类:卤味玉米、玉米笋泡菜、玉米脆脆肠、玉米火腿肠、玉米汁浸肉松豆腐……

汤类:玉米猪骨汤、紫菜玉米眉豆汤、扁豆鲫鱼瘦肉玉米汤、冬瓜瘦脸玉米汤、菠菜鸭血红枣玉米汤、番茄玉米汤、胡萝卜玉米牛蒡汤、火腿玉米汤、咖喱鸡翅玉米汤、萝卜马蹄甘蔗玉米汤、美容猪手玉米汤、奶油玉米蘑菇汤、南瓜花玉米汤、排骨煲玉米红螺汤、苹果玉米汤、青菜玉米汤、香菇玉米大骨汤、玉米牛腩汤、玉米蔬菜蛤蜊汤……

粥类:玉米豌豆粥、鲜贝虾仁玉米粥、皮蛋瘦肉玉米粥、甜玉米冰粥、玉米羹、玉米青豆羹、玉米海带奶油羹、玉米豆腐鸡蛋羹、玉米海带果仁即时糊、缤纷玉米羹、三鲜玉米羹、冰糖五彩玉米羹、枸杞鸡汁玉米羹、鸡蛋玉米羹……

主食类：玉米水饺、玉米馄饨、玉米粒饼、玉米豆包、年糕、玉米元宵、玉米发糕、玉米蛋糕、玉米方便面、玉米挂面、玉米冷面、玉米蛋炒饭、玉米桃酥、玉米片、玉米烙、葱油玉米饼、红枣果仁玉米饼、玉米蚝、松仁玉米蛋包饭、鸳鸯玉米粑粑、珍珠玉米饼……

饮品类：玉米啤酒、玉米黄酒、玉米乳、玉米浆、玉米爽、笋玉米花须饮料、甜玉米花茶、甜玉米果茶、玉米花生奶、甜玉米酸奶、玉米麦芽糖浆、玉米胚芽汁、富硒超甜玉米冰淇淋、黑玉米保健醋、黑玉米格瓦斯、玉米糖、玉米面茶、笋玉米蜜饯……

西餐类：黄油玉米、椒盐玉米粒、什锦玉米、培根烤玉米、玉米沙拉、玉米汉堡、玉米热狗、玉米比萨、奶香玉米、蛋黄玉米粒、玉米酱、甜香牛油玉米粒……

在老家的时候，我们没有这么多的洋相吃法。我们吃的只有这样几种——用玉米面摊的煎饼，蒸的窝窝，烧的糊糊，还有冬日午后用篮子提回来的刚刚从一个圆肚铁锅里磕出来的仍散发着香味和热气的爆米花。

9月11日

爆米花是童年清寒生活中的一种美好补偿。

爆米花老人是乡村萧索冬日的一道风景。

这样的老人好像都是同一个模样：年纪五六十岁，偏瘦，脸黑，背微驼，嗜酒。老人不知从相邻的哪一个村子来的。我们到的时候，老人已经从地排车上卸下了爆米花的专用炉具、风箱、块煤、马扎，开始转动摇把。玉米粒儿在炉子里哗啦啦响动，火苗舔着黑乎乎的炉子，使里面的温度逐渐升高。老人正着摇几下，然后反着摇几下，一边看着炉子一头的一个压力表。等表针指向一个固定的数值，他就将炉子掀起来，用左脚踩住一个什么地方，右手猛力扳动一个机关，"轰"地一声，爆米花从炉膛里喷出，落入一个扎紧了口的布袋里。一股热气顺着炉口冒出来，在空中弥散。主家早已凑前，将挎在胳膊上的柳条篮子放在布袋旁,等老人解开布袋,将黄灿灿的爆米花倾倒出来。总有崩散出来的爆米花。响声过后,四散的伙伴一下子围上来,捡拾散落在地上的爆米花,压压馋气。接下来是第二锅。一份份玉米在风箱顶上排着队。有的用搪瓷茶缸盛着,有的用葫芦瓢,有的干脆用一顶帽子,里面还压着一张一毛的纸币,那是交给老人的加工费。条件好些的,等自家的玉米入锅时,会交给老人一包糖精,让老人倒进锅里,他家的爆米花自然会格外地甜,叫伙伴们好生羡慕。

爆花机不仅爆玉米,还爆大米、高粱。大米对于平原上的孩子是稀罕物件,逢上有爆大米的,主家都会主动地捧出一捧,让别人尝一尝。

冬日天短,一缸一缸的玉米让老人爆到天黑,炉子映红了半个村庄,爆米花的香味飘到每家每户。直到我们都困了,钻进了被窝,还能听到街上老人拉动风箱的声音:呱嗒、呱嗒。

9月12日

一穗好玉米的标准是什么?

1. 完全成熟的果穗,有一定的重量,包括体积、籽粒紧密度、基部完好无痕(25分);2. 穗长20厘米以上(5分);3. 穗周长14厘米以上(5分);4. 粒宽0.60厘米以上(5分);5. 粒厚0.30厘米以上(5分);6. 粒深0.15厘米以上(5分);7. 籽粒饱满,从基部至顶端宽而厚(15分);8. 籽粒没有疤痕和损伤(5分);9. 籽粒有鲜亮的、硕大的胚芽,切开时胚芽清晰而光滑(5分);10. 脱粒时不留下尾端或带出轴心;没有病害和污染迹象(5分);11. 籽粒边缘清晰,穗行宽度均匀适中(15分);12. 籽粒坚硬,有角质,表面鲜亮而光滑(5分)。

这是本世纪初美国依阿华州玉米展览会上制定的玉米果穗评选标准。被认为最理想的玉米果穗:穗长18~20厘米,周长12~15厘米,果穗基部呈圆形,着生20~22行正直的直达顶端的籽粒。种子必须有适宜的深度,其外形似拱心石,深厚,顶部肥大,没有任何皱缩的痕迹。

1900年前后,在盛产玉米的美国玉米带兴起盛大的玉米展览会,1910年达到鼎盛时期。一个农民的展品一旦荣登榜首,他的玉米果穗就被系上蓝色飘带而被陈列在优胜台上,而且会获得很高的荣誉。通常,一个获奖的果穗售价高达 150 美元;最高的售价竟达 250 美元。有些农民煞费苦心投机取巧以骗取高额奖励。例如,有人把玉米穗在水中浸泡一昼夜使体积迅速膨大;还有人在玉米穗轴里嵌入金属棒以增加重量。为了生产一种"奇数"穗行的玉米,乖巧的人在玉米幼穗发育初期小心翼翼地剥开苞叶,抠去一行嫩粒;还有的在挑选的玉米果穗上仔细地镶嵌光泽鲜艳的籽粒以显示美观而招人青睐。这些骗术一旦瞒过评审官的眼睛最后给果穗系上了蓝色飘带,他们就狂热地欢呼着漫天要价了。

后来,有人对这些饱满光鲜的玉米果穗产生了怀疑,玉米专家华莱士就是其中之一。1903 年,华莱士在依阿华州自家农场里做了一种试验,把获奖的外观优美的 40 个果穗和农家自由授粉的果穗进行产量比较。经过许多次的试验最后得出结论:玉米果穗的外观和产量没有任何直接关系。硕大饱满的籽粒可能比皱缩籽粒的后代产量还要低,外观丑陋的玉米果穗也不见得比色泽鲜艳的果穗产量差。当时进行同类试验的还有依阿华州的霍尔登、伊利诺斯州的莫舍尔等科学家。1912 年,他们把 8~10 年的 71 次玉米产量试验结果公之于众,指出玉米展览会获奖果穗要比自由授粉品种果穗每公顷减产 1200~1800 公斤。这如同给玉米带投下一枚骇人的炸弹。从此,美国各地再也不搞玉米展览会了。1920 年始,他们在玉米带又发起了玉米高产竞赛。

9 月 16 日

收玉米的过程怪有意思的:玉米熟了你是怎么知道的呢?先是顶穗干枯了,叶子由碧绿转而泛黄了,秸秆上的亮泽消失了,接着玉米须枯萎了,玉米穗梢上的包皮干裂了,玉米就露出来了,鲜亮亮的,黄灿灿的,耀人眼目,像在说:熟了! 看不见怎的?

玉米熟了,人们就来了。人们嗖嗖地钻进玉米地,从外面怎么也看不见。只

庄稼日记

132

听见磕巴磕巴几声响,而后有短暂的停顿,接着磕巴磕巴磕巴就响起来没有完了,里面还不时夹杂着让你很难辨别的声音。磕巴了好几天,磕巴声就慢下来了。虽然慢了,但还是有。等最后里面确实没有了响声,你到里面看一看,玉米叶子基本上全都从中间折断耷拉下来,玉米穗子全没有了,支愣着一个个长长的浅绿色的苞壳,玉米棵儿也倒掉不少,整个儿一片凌乱,像刚刚遭劫的一群衣衫破碎长发披散的女人。

9 月 17 日

一个妇女,带着套袖,左右开弓,刷刷地掰着玉米叶,掰下的玉米叶被她码放在两棵玉米之间,隔不多远,就有她放下的这么一堆玉米叶。我这样看着她,直到她走进玉米地深处。

玉米叶是牛爱吃的饲料。

掰玉米之前,有喂牛的邻居提出要你家的玉米叶,那是再好不过的事情。因为他把玉米叶掰净,掰玉米的时候里面又透光又透风,还不会被刀刃似的玉米叶划伤胳膊。

9 月 18 日

亲戚来,说,她的隔墙邻居,一个六十多岁的老妇人,昨天和家人一起将几亩地的玉米掰完,运回家,堆在院子里,小山一样高。院子里扯上了电灯,老人在院子里剥玉米。天晚了,家人都睡了,她还在剥呀剥。

……她一直剥了一夜。露水把她的衣服都打湿了。早晨,看到将她围了一圈儿的金黄玉米,亲戚问她:不困?不累?她笑笑,摇摇头:没觉着。

9 月 19 日

去拐子河村,与村支部书记来佑清闲聊。我问他一亩玉米能卖多少钱,愣了两分钟(他好像在快速心算),他说:八百块钱(他说的是毛收入,没有除去成本),不算工。

9月20日

平保才,拐子河村两委委员。我们在他家的苹果园里遇到他。他家的果园在村委会附近,我和在这儿驻村的侯祥斐出来散步的时候,侯祥斐发现了他停在果园外边的摩托车,喊了一声:老平。老平随即答应。我们于是走进老平的果园。果园里支着一张床,床上撑着一顶蚊帐,晚富士还没有下,夜里得有人守夜。老平摘下几个硕大的苹果让我们吃,我们一边吃着苹果,一边让他算了一笔关于玉米的帐:一亩玉米从种到收的投入是耕地50元;玉米种4斤,每斤6元,计24元;浇地两遍,一遍40元,计80元;喇叭口期往玉米芯里撒甲拌磷农药,防治钻心虫,6元;复合肥100斤,140元;"老百姓的工不打钱",老平说。这样,总投入是300元。收入按最高1000斤算,每斤0.8元(也是按最高的价格算),可卖800元,减去投入,纯收入是500元。

9月21日

粮食作物中,还有比玉米颗粒更大的吗——麦子、稻子、谷子、高粱、荞麦、绿豆、豇豆……实在没有。

9月22日

单粒的玉米像人的一颗牙齿。

9月23日

如果将一穗成熟的玉米切开,你就会看到它的剖面像一朵美丽的花。穗轴是它张开的花蕊,排列在四周的玉米颗粒是一片片匀称的花瓣。

9月24日

玉米全都剥出来了,挂在屋梁上、房檐下、树杈上,还有的在院中埋一根木柱,将系在一起的玉米穗子顺着柱子往上垒,直至垒成一个金碧辉煌的圆柱。

秋天,行走在鲁南乡村,这是你最易看到的风景。

9月25日

在迎河村,我看到一个小女孩儿,将两片浅绿色的玉米苞皮在手中摆弄,一会儿,她将两片苞皮搓成了条形,缠在左手中指上,我想她或许动手做一件什么东西,可是很快她就将苞皮取下扔掉了。

玉米苞皮的用处可大哩。把它在水里浸一浸,可以用来捆韭菜、菠菜、芹菜、油菜、苋菜,可以用来编手提篮、地毯、挎包、蒲团(鲁南乡间多为老人坐着做活聊天的矮凳)、礼帽、手巧的人还可以用它编出蝴蝶结、中国结、小兔子、小猪、小狗等手工艺品。

9月26日

回老家望云村。家家户户都用上了秸秆气,秸秆气的主要原料是玉米秸秆,还有棉秸、麦秸、树枝等,它是这些可燃原料经过发生炉气化,通过氧化——还原反应,将秸秆转化为含一氧化碳、氢气等可燃气体成分的低热值煤气。嫂子将厨房里的灶具啪地打开为我烧水,灶口上立时冒出蓝莹莹的火光。

以前,玉米秸是烧锅做饭的主要燃料。我清晰地记得小时我家摊煎饼的情景,母亲在鏊子上滚动冒着热气的面糊,我在下面烧火。将干透的玉米秸担在膝盖上折成两截,续进炉膛,玉米秸在炉子里呼地燃成一片火焰,无数火舌舔着平展展的鏊底,使鏊子上的煎饼由乳白变为金黄。烧玉米秸很省事儿,只要不断地将伸出炉外的秸秆往里推一推就行了,比烧麦秸、豆秸要简单得多。因此,有时我一边烧火一边低头看画书,以致把鏊子烧凉了,母亲就拿竹劈在鏊子上猛敲,我回过神来,继续看火。

后来,蜂窝煤、液化气一度成为农民的主要生活燃料。而玉米秸则被切碎还田,变为肥料,或者堆在地头,冬日被顽皮的孩子一把火烧掉。

玉米秸今天又成为人们不可缺乏的燃气原料，这大概是村人没有想到的事情。

9月27日

玉米秸秆都砍倒了，田野变得坦荡无垠。喜鹊漠然地从空中飞过，发出嘎嘎的叫鸣。

热闹过后，大地安静下来。

棉花日记

棉花:真核域。植物界。被子植物门。双子叶植物纲。锦葵目。锦葵科。棉属。原产于亚热带。植株灌木状,在热带地区栽培可长到 6 米高,一般为 1 到 2 米。花朵乳白色,开花后不久转成深红色然后凋谢,留下绿色小型的蒴果,称为棉铃。锦铃内有棉籽,棉籽上的茸毛从棉籽表皮长出,塞满棉铃内部。棉铃成熟时裂开,露出柔软的纤维。纤维白色至白中带黄,长约 2 至 4 厘米,含纤维素,约 87%~90%。棉花产量最高的国家有中国、美国、印度等。

5 月 16 日

刚拱出地皮的棉花幼苗显得异常娇弱。大概怕他们势单力薄,主人在播种棉花的时候,往往一把就撒下十来粒棉籽。结果,八九天后,一墩就长出十余棵棉苗,像一群穿着花褂子的村姑一下子涌到了城市街头。她们叽叽喳喳,指指点点,你推我搡,不敢拆群儿。她们看到了什么呢?

此刻,楝子已开花,小麦正灌浆。村里的小伙儿正撸起袖子在外乡打工,他们的父亲赶着一群羊正从地头经过……

5月17日

墨西哥被称为"棉花的故乡"。它为世界棉花育种改良提供了丰富多样的种质资源和野生棉品种,被誉为世界棉花天然的大种质基地。现已确定的全世界 32 个棉属野生种中有九个原产于墨西哥。墨西哥的全国棉花研究中心总部设在墨西哥城,它将收集到的 19 个棉种的 120 个野生和半野生类型的标本就种植在该所的棉花种质资源种植园里。

5月18日

"棉"字最早出现在《宋书》。可见,棉花的传入和大面积种植当在宋末元初。关于棉花传入我国的记载是这样的:"宋元之间始传其种于中国,关陕闽广首获其利,盖此物出外夷,闽广通海舶,关陕通西域故也。"

这是有文字记述的棉花种植历史。但据考证,早在秦汉时期,棉花即开始传入中国并由南北两路向中原传播。南路最早是印度的亚洲棉,经东南亚传入海南岛和两广地区,之后传入福建、广东、四川等地;第二条途径是由印度经缅甸传入云南。北路是非洲棉经西亚传入新疆、河西走廊一带。宋元之际,棉花传播到长江流域、黄河流域及陕西渭水流域的广大地区。从此,棉布逐渐替代丝绸,成为主要的服饰材料。

5月19日

植物界——被子植物门——双子叶植物纲——锦葵目——锦葵科——棉属。

被子植物门。被子植物是植物界进化最高级、种类最多、适应性最强的类群。它的特点是胚珠生在子房里,种子包在果实里不露出来。常见的绿色开花的植物都属于这一类。全世界约有 20 至 25 万种,超过植物界总种数的一半。我国被子植物种类繁多,约有近三万种。被子植物通常分为双子叶植物和单子叶植物两个主要类群。

双子叶植物纲。又称木兰纲。其特征是种子的胚有两枚子叶;植物体各异(从纤细的草本到粗壮的木本);叶脉网状;花的各部为五数(也有四数)。包括大多数常见植物,其中很多与我们息息相关。譬如:棉花、大豆、花生、向日葵、番茄、马铃薯、苹果、烟草、薄荷和各种瓜类。

锦葵目。木本或草本,茎皮多纤维。单叶互生,具托叶,幼小植物具星状毛。花两性或单性,整齐,五基数;花萼镊合状排列;花瓣旋转状排列;雄蕊多数,多少联生,稀定数;子房上位,心皮多数,常合生,中轴胎座,胚珠多数,常有胚乳。锦葵目包含椴树科、锦葵科、杜英科、梧桐科、木棉科。

锦葵科。约 50 属,1000 种,广布于温带和热带地区,我国有 17 属,76 种。其中如棉花、苘麻和大麻槿为工业上重要的纤维作物,很多种类供观赏,少数供食用或药用。

棉属。中国栽培的棉有四种和两变种:1.树棉和变种钝叶树棉(鸡脚棉);2.草棉;3.陆地棉;4.海岛棉和变种巴西海岛棉。中国长期栽培的都是树棉和草棉。树棉由印度、缅甸或越南等地引入中国,草棉由阿拉伯和巴基斯坦引入新疆。陆地棉原产墨西哥,19 世纪末传入中国。由于产量较高,棉纤维长,品质好,又能适应气候,因此已取代树棉和草棉,成为中国各产棉区的主要棉种。海岛棉原产南美和西印度群岛,系长绒棉之一,云南、台湾、广东、广西有少量种植。其变种巴西海岛棉也是长绒棉,我国云南、广东有栽培。

这是我们从众多植物中一步步分离出棉花的全过程。

5 月 20 日

标杂 A1、新陆早 13 号、新陆早 24 号、新陆中 35 号、兆丰一号、系 9、垦 4432、新石 K4、新石 K8、天杂 18 号、K6、K-8、鲁棉研 15 号、鲁棉研 21 号、鲁棉研 25 号、中杂 29 号、中棉研 49 号、中棉 414、豫早 422、冀棉 8 号、冀棉 10 号、冀 668、锦杂 8 号、86-1 号……

它们是棉花家族中高矮不同、胖瘦不一、品性各异的孩子。都是被人们精心培育、细心呵护、寄于厚望的孩子。它们都有刷新棉花生长记录的使命和荣耀棉花家族的美好业绩。

5 月 21 日

如果采用育苗移栽的方法播种棉花,仅苗期就有出苗、晾苗、炼苗、蹲苗、疏苗、起苗、缓苗、定苗、壅苗、提苗这些关键环节。这期间,要警惕焦苗、烧苗、僵苗。更何况,苗期之后还有蕾期、花铃期、吐絮期……整个下来,该有多少步骤,会有多少故事啊?! 每一个过程,都会发生一些细微的变化。每一个阶段,都隐藏着一段痛苦的经历。每长高一寸,都彰显着生命的力量。好比光怪陆离的四季,仿佛斑斑驳驳的人生。

5 月 22 日

间苗。优胜劣汰。

午后,土旺村。我看一个中年男子在自家的棉田间苗。棉花苗一簇有十来株,留下两株(晚上几天,再间掉一株)。他下手的时候,一点也不犹豫,左边拔下一株,右边拔下一株,有时候还拨开棉苗从中间拔下一株。他下手很快,也准,好像去掉哪株,留下哪株,都是早就定好的事儿。他将拔下的棉苗随手扔进沟垄里,一会儿就蔫了。

叫我佩服的是,他们的选择从来没有错过。在一个普通农民的果断和熟练面前,我感到自卑和不安。

5 月 23 日

锄梦花。

这是我从关于棉花栽培技术的一本书上看到的一个词。书上说:"当(棉花)

幼苗破土显行时,要进行'锄梦花'"。它的作用是疏松土壤,保墒防旱或放墒降湿,消灭杂草,助苗出土。但是,编写此书的人为什么想到这第一遍锄地叫锄梦花呢? 大概是让锋利的锄刃划破土层,惊醒棉花幼苗的土中酣梦,让它抖擞精神,开始活泼的生长。也许是锄片哗啦啦犁开板结的地表,像一下子地面上开出数不清的碎花。总之这是一个有文学细胞的人,一个充满幻想的人,一个诗意的人。

在拐子河村,半晌时间,我站在地头上,紧紧地盯着一个用锄头给棉田锄梦花的中年人,他的动作那么娴熟,用力那么匀称,弓腰侧身的弧度那么优美。他肯定不知道自己是在锄梦花,但他的整个动作已经完全地融进了这个词,融进了这片土地以及这片土地上蓬勃生命的大美之中。

5月24日

在一面向阳的山坡上亲手种一片棉花,该多么好。

晨耘暮锄,喷药打杈,像照料自己的孩子。亲眼看着它们长大,从苗期到花期,看着它们现蕾、吐絮,并在秋风中采摘它们,用一只柳条篮将它们带回家,让母亲为我做一床暄软的棉被,贴身地盖着。

你们知道,这是一种理想。其实我很难做到。

但是,这个夏天,我的手里却攥着一本《棉花种植手册》,真的。《棉花种植手册》是借来的,从一个种棉花的亲戚家里。亲戚家里种了五亩棉花,离不了它哩。我一个读书人,借这个东西,使他一脸愕然。我给他解释说,我要种棉花了!

我种的棉花遍布家乡的山岗和田畴,村东村西,房前屋后,田边地角,沟崖河畔。总之,我目之所及的地方,那些除了小麦、玉米和蔬菜之外的地方,都叫我种上棉花了。我种的棉花将像幼树一样苗壮,长大了开黄色的红色的花,结出的棉桃一颗颗都有拳头大小,绽开的棉絮云彩一样洁白。

我种的棉花将被一些洁净的手指捏拾起来,送进轧花机,弹出松软的棉絮,做成棉被、棉袄、棉裤、棉帽、棉鞋、棉手套、棉围巾……这些褓褓似的东西,只等严冬到来,温暖那些寒冷的身躯,裹住那些受伤的面颊……

5月25日

一岁一枯荣的植物大概有这么几类:供我们食用的,如小麦、玉米、高粱、大豆、荞麦、豇豆、萝卜、白菜、茄子、土豆、西红柿、西蓝花、油麦菜、空心菜、卷心菜、西瓜、南瓜、丝瓜、佛手瓜;供我们药用的,如枸杞、甘草、杜仲、半夏、黄芪、青蒿、栝楼、茵陈、大青叶、穿心莲、板蓝根、金银花、蒲公英;供我们观赏的,如牡丹、芍药、红廖、蜀葵、海棠、梅花、丹桂、美人蕉、大丽菊;供我们实用的,如苘麻、荆条、紫穗槐……还有虽然看似没用,但时刻在维护着整个生态平衡、净化着我们生存空间的星星草、爬山虎、绞股蓝、拉拉秧……

棉花是个例外。

它不能归入以上几大类,也没有同伴,它独自承担了给我们提供温暖的任务。

在有棉花之前,人类用什么保暖呢?兽皮?树叶?

假如我们失去了棉花,又用什么东西来代替它呢?化纤能不能?兽皮(猪皮、牛皮、马皮、兔皮、羊皮、鹿皮、驴皮、狗皮、貂皮、獭皮、熊皮、虎皮、骆驼皮、牦牛皮、狐狸皮)够不够目前仍在增长的人类使用?再加上蚕丝、麻、鸭绒、鹅绒、驼绒、羊绒,再加上枯草和苇絮,够不够用?

但是,我们躺进棉被,穿上棉织物,却忽略了它。路过一片棉花地,没有人驻足多看它们一眼。

当你看到这段文字,你也不必言谢。其实,棉花不需要。

5月26日

去田黄镇。镇上的干部说,棉花是战略物资,去年棉花差价,严重打击了农民的种棉积极性,所以,今年春种期间,由镇上统一免费为农民提供棉种。

用行政手段干预和调节种植结构的历史由来已久。早在明初,朱元璋就曾经用强制的方法要求全国植棉，不知道当时的朱元璋出于战略考虑还是民生需求。

6月19日

差不多每天早晨，我都到棉花地里走一走，看一看。棉花头一天和第二天没有什么区别，连续好几天都没有多大区别。

在苗期，棉花的主根比茎长得快。棉花是深根作物，它的主根可达地下两米以上，比一个人都高。待它把根在地里扎牢，它才集中精力长茎、长枝、长叶、现蕾、开花、结铃、吐絮，完成它生命的美好过程。这多像一个成熟的中年人，稳定、沉着，心中有数，不慌不忙。相比之下，我觉得大平原上的玉米像一个风风火火的小伙，而小麦就像一位贤淑羞赦的姑娘。

6月30日

棉花的颜色好像一直没有鲜艳过。它的绿是深绿，像涂了一层暮色。它也没有漂亮的身段儿，既没有高粱的挺拔，也没有谷子的妩媚。这个时候，玉米已经齐腰，像一排排身穿草绿衣服的英俊少年。菜园里的南瓜、黄瓜、芸豆、豆角、茄子、辣椒、西红柿都开着花。花儿有黄的、有白的、有粉的、有紫的，有喇叭状的、有蝴蝶状的、有星星状的，像一群刚刚放了暑假的小学生到田野里撒欢儿。而棉花却像一个憨厚朴实的庄稼人，他没有新潮的时装，没有很酷的发型，他脸微黑，臂膀滚圆，手指粗大，但这人心地却非常好，也十分勤劳，干起农活来又是那么地细心和灵巧。

7月2日

唐村镇，一个棉农正扯着长长的塑料管给他的棉田浇水。棉花是耐旱作物，但多日无雨，蕾期的棉花有些干渴了。他是知道墒情的。

我们都知道国情、村情、厂情、社情、民情、人情、婚情、山情、水情、路情、风情、雨情、雾情、旱情、商情、灾情、病情、疫情、虫情、战情……但是，你知道什么是墒情吗？墒情就是土壤适合种子发芽和作物生长的湿度。大家若想了解上面的那一系列情况，需要通过资料、介绍、预报、报告、调查、询问、化验、分析，甚至通过侦探、窥视、截获等卑鄙做法，而庄稼地的墒情农民搭眼一看就知道了。他是通过什么知道的呢？——地面的干裂程度，植物叶面的光泽、茎杆的立挺程度，或者一棵杂草的长势。就是这些。

7月3日

棉花开花了。

棉花的花上午是淡黄色的。下午，就变成微红色。第二天，你再去看，它就是紫红色了。

棉花的花大约在三四天之后凋萎、脱落，化作泥土。

它的花为什么会变？别相信教科书上的介绍，也别问为什么。

你问为什么，就等于问太阳为什么会发光，地球为什么会转动，河水为什么会流淌，种子为什么会发芽……

7月8日

现在我才明白，在棉花地里，为什么会经常遇上空手闲逛的棉农，他们在地头上转转、站站、看看，有时候坐在土坎上抽一支烟，然后站起来，拍一拍屁股上的土屑和草叶，哼着曲子走掉了。他们是来看棉花的，棉花缺不缺水，缺不缺肥，是否有徒长或慢长现象，有没有病害或虫害，有没有杂草。

这几天连日阴雨，水量过大，易使根系活动受阻，增加蕾花脱落，甚至会造成棉株死亡，需要排涝。不少地头上都有用锨或用手扒开的泥沟，及时将棉田里的积水流到地头上的水沟里。

7月10日

雨后乍晴，气温骤升。作物开始疯长。

土旺村。地头上有一辆沾满泥巴的自行车,旁边有半袋尿素,还有两双被鲜泥糊住的女鞋,一双布鞋,一双塑料凉鞋,好像代表两个人,看护着主人的东西。

棉花地里,一个中年妇女和她的女儿为棉花施肥。她们采用的是穴施,母亲在前面刨穴,女儿紧跟着撒下化肥,并用脚踏实。地里还有些陷,她们打着赤脚呢。地头上的沟垄里,明显的有她们踩下的深深的模糊的脚窝儿。

棉花所需的肥料和其他作物一样,主要是氮、磷、钾。每生产 100 千克皮棉,需从土壤中吸收氮素(氮)10~18.5 千克,磷素(五氧化二磷)3.5~6 千克,钾素(氧化钾)13~16.5 千克。氮素充足时,棉株生长快,叶色青绿,枝叶繁茂,现蕾、开花数量多。磷在棉花生长前期能促进根系发育,增强植株抗旱、抗寒能力,在棉花生长中后期能促进生殖生长,增加铃重,提早成熟。钾能促进光合作用和碳水化合物的合成,输导组织和机械组织得到正常发育,增强棉株抗病、抗倒伏能力,提高纤维品质。

花铃期。这是棉花一生生育的旺盛时期,也是需肥最多的时期。就像一个吃壮饭的小伙儿。开花至吐絮棉株氮、磷、钾吸收量分别占一生需肥量的 59%~63%,64%~67%,61%~64%。尤其初花期对氮、钾的吸收量最多。

人需要不需要氮、磷、钾? 同样需要。

在组成人体的元素中:

最基本:碳

基本:碳、氧、氢、氮

主要:碳、氧、氢、氮、硫、磷

大量:碳、氧、氢、氮、硫、磷、钾、钙、镁

氮是组成动植物体内蛋白质的重要成分,它遍布人的全身。磷以羟磷灰石形式存在于人的骨骼和牙齿,少量与蛋白质、脂肪、糖及其他有机物结合,分布在体液和软组织中,其中一半左右在肌肉。它能调节能量释放,参与物质代谢,调节酸碱平衡。钾离子为机体最重要的阳离子之一,主要分布与肌肉、肝脏、骨骼及红细胞中。它能维持碳水化合物、蛋白质的正常代谢;维持细胞内正常渗

透压;维持神经肌肉的应激性和正常功能;维持心肌的正常功能;维持细胞内外正常的酸碱平衡和离子平衡;降低血压。

人体中所需的氮、磷、钾从肉、蛋、奶、粮食、油料作物、坚果、水果、蔬菜及海产品中摄取,而农作物所需的氮、磷、钾要靠人来播撒了。

7月11日

说起施肥,现在动不动就是化肥——碳酸氢铵、钙镁磷、尿素、过磷酸钙、氯化钾、二胺、复合肥之类。

其实,庄稼真正需要的还是有机肥,即农家肥,其中包括:

土肥:经年的坏屋土墙被推倒后,砸碎,就是肥料。农民说,这是"老土",壮着呢!

粪肥:人畜粪便。以前,猪、狗遍地跑,粪便随处遗落,农村的一项轻体力农活就是拾粪,拾粪者多为老人或孩子。我小的时候,假期里除了割草就是拾粪:猪粪、狗粪、羊粪、牛粪、驴粪、大雁粪。秋天大雁南飞,常于夜间在村外的西南岗子歇息,第二天便留下一地白花花的粪便。村边有一条柏油路,路上多的是马、骡、驴牵拉的地排车,我们经常沿路搜索,捡拾路上的马骡驴粪,一堆粪即可装满半只粪箕。拾牛粪更有意思。午后,队里的马车整装待发,这时候便跳上去三个孩子。马车套的是三头牛,每一头牛早被三个孩子占下,占黑牛的,占黄牛的,占黑白花的。一般的,老牛上套,不屙就尿。马车一上路,我们就盼着"自己"的那头牛拉屎。有时如愿以偿,有时事与愿违,一个下午它都不拉,害得我们白白地跟它一趟。粪肥是农民最看重的,觉得它最有劲,能撑时候,特别是大粪(人粪)。早些年,人们憋着屎尿走很远的路,只为把屎尿屙在家里或自家的地里并不是笑谈。

圈肥:从猪圈、牛棚、马厩、羊栏、鸡窝、兔舍、鸭舍里起出来的混合了畜禽屎尿和脏土的肥料。

绿肥:从每家院落方池中起出的,由雨水、洗脸洗脚水、磨镰磨刀水、淘米洗菜水、刷锅刷碗水、泔水、隔夜的茶水、腌过咸菜的水、剩汤剩饭、药渣、青草、黄蒿、烂柴禾、萝卜皮、韭菜叶、白菜帮、芹菜根、葱须、蒜皮、山药皮、莴苣皮、苋菜梗、柿子皮、西瓜皮、葡萄皮、橘子皮、石榴皮、香蕉皮、核桃壳、栗子壳、菱角壳、黄瓜瓤、南瓜瓤、冬瓜瓤、丝瓜瓤、梨把儿、苹果核、枣核、栝楼秧、瓠子秧、高粱壳儿、谷糠、麦糠、苞谷皮、花生壳、鸡毛、鸡肠子、鱼刺、鱼鳞、馊了的猪食、坏了的土豆、出过芽的地瓜母子、霉了的煎饼、包干酱的荷叶、用秃的扫帚疙瘩、枯死的花、库里的淤杂、夭折的狗和猫、死老鼠、跌落的鸟屎、飞落的昆虫、被坏小子捅掉的马蜂窝、被急雨淋死的小麻雀、炉灰、烟头、火柴棍儿、破棉絮、旧纸片、落叶、尘土经发酵而成的肥料(这才叫"复合肥"呢)。

另外还有草木灰和豆饼,它们是菜地的最佳用肥。

化学肥料类似于花花绿绿的补品,吃了管一时。农家肥才是庄稼和土地的真正食粮,既养地又生力,因此,农民管农家肥叫"力量"。化学肥料中所含的营养元素其实是有限的、单一的,而农家肥里面什么都有——碳、氮、磷、钾、硫、钙、镁、铁、硼、锰、铜、锌、钼……化学肥料是伤害土壤的。农田所施用的任何种类的化肥,都不能全部被作物吸收利用。各种农作物对化肥的平均利用率为:氮40%~50%;磷10%~20%;钾30%~50%。过剩的化肥对土壤造成严重的污染,也对人类的生存环境构成很大的威胁。现在,很多土壤板结、沙化、盐碱化、荒漠化,庄稼有依赖性,是什么造成的呢? 主要是长期施用化肥的结果。化肥把地整累了、摧垮了。

山林草场要休牧,江河湖海要休渔,我们的许多"米粮川""粮仓""主产区"早就该定期休耕了。

7月12日

花铃期的一项重要农事是打杈(农谚 1.棉花不打杈,光长柴禾架。2.杈子不去掉,好像氓流把兜掏)。

"打杈"是挂在棉农口头上的习惯用语,书上不说"打杈",说这叫"整枝"。

"整枝"包括打顶心、打边心(又称打群尖或打边心)、抹赘芽、去叶枝、剪空枝。

打顶心就是控制株高,限制棉花无谓地疯长,以利于增加铃重,早熟增产。打边心即当每一棵枝上长出一定数量的果节时,将其顶部摘除,以防止果枝生长过长和无效花蕾,避免养分的消耗。赘芽是主茎和果枝叶腋内长出的幼芽,要抹小、抹了,并不断进行,以防止养分丧失。叶枝是果枝下部不结果子的枝子,空枝即果枝空梢,叶枝和空枝在棉花现蕾或盛花期后,应及时地分期分批擗掉,以改善田间通风透光条件,减少烂铃和脱落,促进棉花早熟。

"打杈"是一项比较轻松的农活。空手进入棉田,左看看,右看看,掐掐、掰掰、擗擗,像茶农采茶一般。

小时候经常跟大人给棉花打杈,不是因为打错了被大人呵斥出来,就是因为受不了棉田里的溽热,甩下手中的一把芽尖扭头跑到地头的大树下。

7月13日

营养生长。生殖生长。这是棉花生长的两个阶段或两种形式。苗期、蕾期乃至花铃期,它以营养生长为主。花铃期始,营养生长和生殖生长并存。随后(吐絮期)两种生长渐弱。

营养生长就是长身体,生殖生长就是性发育。受粉就是做爱、受孕,铃就是它的爱情果实,棉絮就是从它的果实上溢出的奶与蜜。

7月15日

棉花性喜温、喜光。

为什么?

因为它知道自己的使命。它在时刻不停地吸收、积蓄、转化、储存太阳释放的能量,然后再将其释放出来。

就像一个人,自己如果没有知识,他不会给别人输送知识;自己如果没有力量,他不会给别人增加力量;自己如果没有健康,他不会给别人带来健康。

7月16日

钢山—曾家沟水库—曾家沟—孟庄水库—铁山,这是我散步的路线之一。

钢山北坡,去年有两片不小的棉田,今年没有了,一片种上了玉米,一片种上了芝麻。虽然是坡地,但得光、得风,土层厚,又不缺水,庄稼长势很好。

怎么不种棉花了呢?

也许是去年这儿的棉花发生了病害——黄萎病、枯萎病、炭疽病、轮斑病……多数病菌都能在土壤中存活相当长时间,使这块地成为棉花的病区。轮作换茬是改造棉田病区的方法之一,比用药物杀灭要环保得多,也经济得多。

7月17日

吡虫啉8克,兑水,喷雾。这是在中心店镇四府厂村。一个妇女身穿长裤长褂,戴着口罩,在给她家的半亩棉花打药,杀灭蚜虫(农谚:棉花不治虫,结果一场空)。

棉花是吃药最多的庄稼。从下种到吐絮一直都在吃药,简直就是一个药罐子。

这能怪它吗?还没有播种的时候,病菌就已经在种子里潜伏下来,害虫就在土壤里等着它,害得它在下地之前就得用药物拌种或者浸种,出苗以后有时候还得用药灌根,差不多已经泡在药水里。苗期,它可能会生立枯病、猝倒病、茎枯病、褐斑病、轮纹斑病。蕾期,可能会生枯萎病、黄萎病、细菌性角斑病、根结线虫病。花铃期又可能会生疫病、曲霉病、黑星病、黑果病、炭疽病、红腐病、软腐病、红粉病……可能发生的病害有50多种。害虫也在时刻窥视着它——蓟马、盲蝽象、棉叶螨、红蜘蛛、棉蚜、根蛆、蝼蛄、造桥虫、地老虎、棉铃虫、棉尖象、棉斜纹夜蛾、鼎点金刚钻、隆背花薪甲、红铃虫、大卷叶螟、锦纹夜蛾、甜菜夜蛾、棉叶蝉、棉粉虱……有300种之多。真是防不胜防。

我们很少看到原始森林里的树木、野花、野草,其中的飞鸟、走兽、昆虫生病,而经过人改良、变异、杂交的庄稼、蔬菜、果木以及人工驯化、饲养的家禽家畜却病来病去。

有病最多的还是人。可以说,没有一个完全健康的人。人都有明显的或潜隐的、危重的或轻微的病症,都处在亚健康状态。的确,我们经常能够遇到几年不吃一个药片的人,常常拍着胸脯夸口,但这样的人中却有不少在连自己都浑然不觉的时候像一段树桩一样訇然倒地,再也站不起来。

7月18日

对付棉铃虫,人们想了多少办法啊!

过磷酸钙、敌敌畏乳油、氧化乐果、高效反式氯氢菊酯乳油、强杀净乳油、凯撒乳油、保棉丹乳油、特力克乳油、赛丹(硫丹)乳油、辉丰1号乳油、天王星乳油、农家乐(阿维菌素B1)、灭铃威乳油、顺丰2号乳油、氯氢灵乳油、农绿宝乳油、虫死净可湿性粉剂、丙·辛乳油、辛·氟氯氰乳油(新百灵)、速凯乳油、凯明2号乳油、丙溴磷乳油、拉维因乳油、久效磷乳油、灭铃灵、杀铃威、甲多丹、杀虫王、果棉安、棉铃宝、辛氰乳油、北农931……

研究这些,都是对付棉铃虫的。

药物防治之外,还有众多的农业防治与生物防治措施——间作灭虫、整枝灭虫、抹卵灭虫、灌水灭虫、磷素灭虫、人工灭虫、放蜂灭虫、灯光诱杀(高压灯,诱成虫,棉田卵量减五成)、杨柳枝诱虫(杨柳枝,诱虫蛾,虫未出腹就消灭)、性诱剂诱虫……

但是,棉铃虫被我们灭掉了吗?没有。我们无法消灭一个物种,哪怕它多么碍我们的事。

"四害",我们一个也除不掉。

假如棉花是一株野草,我们就不会对棉铃虫那么仇恨。你看,它也很漂亮:它的卵近半球形,高0.51~0.55毫米,宽0.44~0.48毫米,顶部稍隆起,具纵横网格。初产卵黄白色或翠绿色,近孵化时变为红褐色或紫褐色。

幼虫体长30~43毫米,体色变化较大,大致可分为四个类型:1. 体淡红色,

庄稼日记

150

背线、亚背线淡褐色,气门线白色,毛片黑色;2. 体黄白色,背线、亚背线浅绿色,气门线白色,毛片与体色同;3. 体淡绿色,背线、亚背线同色,但不明显,气门线白色,毛片与体色同;4. 体绿色,背线与亚背线绿色,气门线淡黄色。背线、亚背线和气门上线呈深色纵线,气门白色,腹足趾钩为双序中带。两根前胸侧毛边线与前胸气门下端相切或相交。体表布满小刺,其底部较大。

蛹体长 17~20 毫米,纺锤形,第五至第七腹节前缘密布比体色略深的刻点。气门较大,围孔片呈筒状突出。尾端有臀刺两枚。初蛹为灰绿色、绿褐色或褐色,复眼淡红色。近羽化时,呈深褐色,有光泽,复眼褐红色。

成虫体长 15~20 毫米,翅展 27~38 毫米。前翅颜色变化较多,雌蛾前翅呈赤褐色或黄褐色,雄蛾多为灰绿色或青灰色。内横线不明显,中横线斜,末端达翅后缘,位于环状纹的正下方;亚外缘线波形,幅度较小,与外横线之间呈褐色宽带,带内有清晰的白点八个,外缘有七个红褐色的小点,排列于翅脉间。肾状纹和环状纹暗褐色,雄蛾较明显。后翅灰白色,翅脉褐色,中室末端有一条褐色斜纹,外缘有一条茶褐色宽带纹,宽带纹中有两个月牙形白斑。雄蛾腹末抱握器毛丛呈一字形。

结构合理,体态匀称,外观优雅,颜色搭配谐调,简直无可挑剔。

7月19日

"吊死鬼"是小时候常见的一种青虫。它常常用自己吐出的我们肉眼看不见的细丝把自己从树上吊下来,在风中荡秋千。荡足荡够,再顺着那根细丝回到树上去。它走起路来样子也怪好玩的,先是它的前半身稳住不动,后半身朝前用力,于是腰身隆起,形成拱桥状,然后又用腰上的劲朝前顶,推着头部向前蠕动,走一步拱一拱,像后驱动的汽车一样。它的学名叫"造桥虫",分小造桥虫和大造桥虫两种,都是棉花地里的害虫。

7月20日

七星瓢虫我们也很熟悉。由于它黄红色的背上缀着七个黑点儿，非常漂亮，我们常捉住它放在手心里，任它从手心爬到手指，再从手指翻到手背，还瞪大眼睛看它小得近乎看不见的头部怎样摇动。七星瓢虫会装死。当它认为对自己有威胁的时候，就合上两扇薄薄的壳，缩在里面不动，当你再也没耐心等到它活动的时候，它悄悄打开壳儿，亮出翅膀便飞走了。

七星瓢虫常见于麦田，四五月间，小麦灌浆，它在麦田里翩翩地飞，捕食麦蚜。五月，小麦收割，它从麦田飞到棉田，以棉蚜为食。成虫日捕食棉蚜105头到150头。它不光吃棉蚜，也喜食棉铃虫、棉叶螨，是棉田治虫的功臣。

在棉花地里，害虫的天敌还有赤眼蜂、胡蜂、棉蚜茧蜂、棉铃虫齿唇姬蜂、寄蝇、黑带食蚜蝇、草间小黑蛛、T纹豹蛛、中华草蛉、小花蝽、姬猎蝽、大眼蝉长蝽、螳螂、麻雀等。

7月21日

牛筋草、马唐、狗尾草、画眉草、狗牙根、莎草、盘草、马齿苋、反枝苋、凹头苋、刺苋、龙葵、苍耳、小蓟、铁苋菜、鳢肠、田旋花、千金子、旱稗、双穗雀稗、灰绿藜、香附子、扁秆藨草、酸模叶蓼、空心莲子草、通泉草、繁缕……

多漂亮的名字啊！它们生在春夏之间，花朵开在夏秋之际，大朵的、小朵的、热烈的、含蓄的、芳香的、无味的。秋天，它们结各种各样的果实，卵形的、棱状的、球形的、椭圆形的，它们各有各的功用，有的是鸟和兽的食物，有的入药，治疗人的疾病。

但是，它们生在棉花地里，就是杂草，就是棉花的敌人，棉农就得想方设法将它们除掉。

7月22日

"军的娘喝药了！快来人啊！"

"了不得了！忙的媳妇喝药了！"

夏天的正午或黄昏，一声惊呼打破了村庄的宁静，村庄马上开始骚动。正在家中吃饭或纳凉的轻壮男人，拎起搭在椅背上的汗衫就冲出门去，奔赴那个发出嘶哑声音的地方。抱、按、压，将力图挣扎或反抗的轻生者当场灌胃或直接送往医院。

热、累、饿、乏力加上恶气在身，毒性在身上发散很快。他们有的当场死在田里、大街上、家中，有的死在去医院的路上……于是，一个村庄从此残缺不全，千疮百孔。

恶霉灵、呋喃丹、杀毒矾、氟氯氰菊酯、天达阿维菌素、浏阳霉素、毒死蜱、赛丹、灭多威……这些农药是用来对付棉花病虫害的。但是，把剂量增加若干倍，照样能将人置于死地。

轻生的念头都是在瞬间产生的。这些人中有女人也有男人，有成年人也有青年人。

让他们产生决绝念头的原因大致有：夫妻打架、婆媳吵闹、邻里争端、儿女惹气、外遇败露、家财被劫、庄稼绝收、买卖亏本、亲事无望、父母逼婚以及由一件无谓的小事引爆的积怨、积怒及无来由的抑郁和厌世情绪……

7月23日

缩节安——又名助壮素、壮棉素，可有效控制棉花的上部营养生长，促进产量器官的形成，提高叶片光合速率，增加铃重。

壮苗素——由三种对棉花生长具有调控作用的药物（调控剂、发根剂、供养剂）配以具有营养作用的多种元素复配而成，可起到控旺、促发、壮苗的作用。

乙烯利——又名脱叶、催熟剂。乙烯具有促进果实成熟的作用，可造成棉花叶、蕾脱落，减少霜后花，促进吐絮。

丰产灵——是一种高效促进型植物生长调节剂，由腐殖质及植物必需的微量元素辅助而成为腐殖酸盐类。可促进根系生长和抗坏血酸的合成，延缓棉株衰老,提高抗逆能力。

ABT4 生根粉——是一种高效、广谱复合型植物生根剂,可促进棉花出苗,提高出苗率,有利于形成发达强壮的根系。

820(复硝钾)——有利于叶绿素和蛋白质的合成,对棉花发芽、生根、保花、保果、增加铃重、提高产量都具有重要作用。

喷施宝——又称叶面宝。含有新型植物生长调节剂和多种有机酸及氮、磷、钾、锌、硼、镁等元素,可促进棉花现蕾、开花、结铃,降低蕾铃脱落率。

赤霉素——商品名叫九二○,成分是赤霉酸,可加速棉株生长和发育,减轻蕾铃脱落,提高产量。

它们既不是肥料,也不是农药,它们是棉花生长调节剂,参与棉花生长的全过程化学调控。

以前种植棉花,不曾使用这些东西,技术人员说,以前生产技术落后,产量很低。但是,它们的过度使用会不会对土壤、水和大气产生污染,使品种产生不良变异? 这是产量能够弥补的吗?

不仅棉花,我们餐桌上的反季节大棚蔬菜几乎无一例外都是这种"工业化"模式生产出来的,又有谁说不好呢?

7 月 24 日

棉花最早在中国,是作为观赏花卉栽在花园里的。这件事在 9 世纪阿拉伯旅行家苏莱曼的《苏莱曼游记》中就有描述。《梁书·高昌传》中也有这样的记载:其地有"草,实如茧,茧中丝如细纩,名为白叠子。"

我们现在每天啖食的谷物浆果和菜蔬在很久远的时候即是遍地茂长的杂树野草。而被我们养在温室里的"名贵"花卉在大自然中其实都很普通,是百草之一种。说不定哪一天它们就会大面积种植,作为实用之物。被我们鄙视、践踏的荒泽野棵、深山绿藤很可能在将来的某一天,在我们感到无望的时候挽救我们的性命。

7月25日

棉花还是一种重要的蜜源植物。正值棉花的盛花期,却看不到在棉田里放蜂的。我喝过槐花蜜、枣花蜜,却没有喝过棉花蜜。

仔细地看一看,却有蜂子伏在棉花的花蕊里采花。不远处的十八趟来了一些放蜂人,他们一字排开几十只上百只蜂箱,让蜂子采撷荆条花。你如果近前,他们就会自豪地向你介绍:嘿,荆条蜜! 这可是一级蜜! 但是,荆条蜜里却不仅仅是荆条蜜,还有棉花蜜,还有其他植物花卉的蜜。蜂子在槐花、枣花、荆条花中采蜜的同时,也在楝子花、梧桐花、木槿花、女贞花、凌霄花、蜀葵花、龙葵花、蒺藜花、荷花、苘花、辣椒花、茄子花、土豆花、南瓜花、丝瓜花、瓠子花、葫芦花、益母草花中采蜜。

每一种以单一花种冠名的蜜其实都是杂花蜜,都是百花酿成的。

7月26日

他叫宋平。我去的时候,已经夕阳西下,他戴着面罩还在蜂箱中间忙活着。我提出给他拍照,夫妇二人热情地配合,一会儿掀开蜂箱让我看密密麻麻的蜂子,一会儿又把摇浆机从帐篷里搬出来,摆出架势来叫我拍。他们刚刚从南方过来,他们去的那个地方是巢湖,"那儿的野花可真多啊。"他说,只是说不上它们的名字。他们过完春节就出去了,先是到南方采油菜花,尔后返回北方采槐花、枣花,接着又折回南方采野花,现在,又回到北方采荆条花。他们一年中有大半年是在外边度过的,是在花丛中的帐篷里度过的。

几天之后,我去给他们送照片,那会儿,宋平到村里拉水,他的父亲——上次见面时他曾经提到的那个老放蜂人正系着围裙忙碌着。这是一个典型的放蜂人形象——窄长的脸廓,黑、瘦,但健康、精明、热情、坦诚,精神洁净。可惜当时我没带相机。

我问他:"到棉花地里放蜂不行吗? "

"那可不中,那可不中,都打上药了。"他连连说。

8月7日

知了——知了——

日头越高,天气越热,它越叫得欢实,叫得热烈,叫得高亢。

它好像在有意催生着什么,配合着什么,鼓舞着什么。

这个时候,棉花已经进入了花铃期。青青的棉铃圆实光洁,在夏风中摇曳,而在它的内部,纤维正一点点伸长,一丝丝绵密,只等着从棉铃的上部裂开口子,缓缓地吐絮。

棉花和蝉有着共同的生长习性,喜温、喜光、喜风。在这个季节里,它们共同生活,共享时光,彼此搀扶,相互应和。就像小麦在布谷声声中一粒粒饱满,玉米在蛙鼓阵阵中噌噌地拔节,雪白的棉絮此刻正伴着蝉鸣在坚硬的青桃中暗潮涌动,激情澎湃。

8月8日

棉花喜温、好光,只要水肥和日照充足,它可以无限生长。在热带和亚热带,它是以树的形态出现的。而在中国北方,经过改良和培植的棉花最高不过一米多,新疆棉花则不超过一米。没有比人高的。而且为了棉铃的成长,还得打顶,限制它长高。

我多么想看到一株高大的棉花树,到了夏天,花满树,铃满枝,絮如云。蝴蝶在叶上驻足,蜻蜓在枝间穿梭,鸟儿在树枝上做窝。而树下,鸡在觅食,猫在打盹,姥娘盘腿坐在一方洁白的苇席上不紧不慢地做着针线。

8月14日

雷雨。

入秋以来最响亮的雷声,来自天庭,震惊大地。

该有什么硬得掰不开的东西在炸雷中被击打、碎裂。

比如棉铃、豆荚、栗实、莲蓬。

一切成熟的籽壳，都将在秋雷中如花绽开，遍地撒落。一如惊蛰时节，沉睡的昆虫在春雷中苏醒、出土。

8月16日

棉花吐絮了。下午，在杨下村，我惊喜地发现在一片棉田里，一株棉花的下层果枝上，两颗棉桃在秋风中绽裂，垂下白花花肥嘟嘟的棉絮。而它的主人并不知道。我又一连走了五块棉田，再没有发现吐絮的棉花。棉枝上悬挂着一颗颗青铃，正在阳光下一点点变熟。但这肯定不是田野里第一棵吐絮的棉花。在棉田深处，还会有絮子在不为人知的地方悄悄吐出，像顺嘴流出的再也憋不住的一个个秘密。

8月17日

一颗棉铃就是一座坚固的城，里面囚着50万精兵。

每一颗棉铃中含有50万条纤维。这50万条纤维如一根根闪着金属光芒的针，在黑暗中时刻不停地生长、蠕动、缠绕、穿梭、前行，寻找出路，一下又一下，猛烈地撞击城门。

终于有一天，城门洞开，冲在前面的勇士呼啦啦扑倒一片……

8月23日

出伏。气候变得干燥。天气凉爽，温差加大。

总有什么东西在一冷一热中迅速传递、转换。总有什么东西在秋风中一点点析出。

8月24日

晴。果枝下部的棉铃陆续开裂。棉花出桃。

8月25日

白。

还有什么东西能白过刚刚绽出的棉花?

——蚕茧、雪、白云、浪花、洁净的盐、新鲜的乳汁、瓷、光……

8月26日

太阳。

站在棉花地里,你首先感觉到的就是太阳,它的温度,它的光,它的爱。万物生长靠太阳。万物都是它养育的,都是它的臣民,都是它的孩子。

洁白的棉絮,盛开的花朵,饱满的果实,健康的肤色,灿烂的笑容,纯洁的亲吻,脉脉的注视,紧密的拥抱,舒缓的歌声、空中的鸟痕,地上的虫迹、远山的云影、水中的光斑,暗夜的星火都是太阳最好的注释……

8月27日

将几颗成熟的棉桃摘下带回家,不几天,棉桃从背部开裂,露出一道白缝,然后绽开,吐出棉絮。

在速度上,摘下来的棉桃比在棉棵上开裂的要快。棉铃就像被上紧了发条似的,无论拿到哪里,它都要按照它的方向前进。脱离了母体,它反而提速了。

我同时把棉桃放在一楼和六楼各数枚,放在一楼的比六楼的又快了两天。大概一楼更接近地气的缘故。

9月2日

我们到达表哥家的时候,表嫂刚刚从棉花地回来,她拎着一只柳条篮子给我们看,篮子里有几斤刚刚采收的棉花。

正是摘棉花的季节。表嫂隔几天就到地里去一趟,她将新摘的棉花在院子里晾晒,然后仔细地放好。

我们去过她家的那片棉花地,还帮他们在地里拔过草,打过杈。地只有三分,在一条小河边。大田都种上了玉米。

表嫂种这片棉花是为女儿出嫁准备的。她种两年了。去年棉花收得不好。表嫂说去年阴天多,落桃,她心急又心疼。表哥说,她不懂技术,劝她别种了,买现成的,她偏不。她说,她嫁给表哥的时候,娘家陪送了 20 床被子,至今柜子里还有没拿出来的。现在不兴这么多了,但是,女儿出嫁的时候,再少也得陪送六床啊。

此时,她的女儿正在无锡打工,23 岁,还没有定亲。

她不知道母亲已经在为给她缝制新棉被而辛辛苦苦亲手种棉花这件事。

突然想起一首歌曲——《弹棉花》。歌词如下:

  弹棉花啊弹棉花

  半斤棉花弹成八两八哟

  旧棉花弹成了新棉花哟

  弹好了棉被哪个姑娘要出嫁

  哎哟勒哟勒　哎哟勒哟勒

  弹好了棉被哪个姑娘要出嫁

  哪个姑娘要出嫁

  弹棉花啰弹棉花

  半斤棉花弹出八两八哟

  旧棉花弹成了新棉花哟

  弹好了棉被姑娘要出嫁

9 月 3 日

"嘎——吱,嘎——吱,嘎——吱"

"吱——"

纺织娘的叫声有急有缓,有高有低,有的清脆,有的滞涩。

天黑了,仍然在工作着。说不定它方才开始工作。不用光亮,无须配合,拒绝观摩。

织吧。用的是原始的织布机,地里现采的新棉花,织的是纯棉布。怕这门古老的工艺失传吧,才这么倔强地承袭,固执地坚守。

这么多纺织娘在织,一定是在完成一幅大作品了。有多大呢? 上达天,下扯地,行了吧。

这么大一幅布料,有谁用呢? 你们不管,你们只知道织啊织。

就像植物结出的果子,不问人吃鸟吃兽吃还是烂掉。都一样。

9月4日

> 黄婆婆,黄婆婆。
>
> 教我纱,教我布,
>
> 两只筒子两匹布。

这首民谣诞生于江南,是传颂中国纺织业的鼻祖、发明家和革新家黄道婆的。

黄道婆,1245--1330年,是在元朝。那个时候,棉花刚刚从海外传入内陆,在闽广地区广泛种植。黄道婆好像是为了棉纺事业而降生于世的。黄道婆,我们再也不知道她除此之外的名字。一个女子,怎么会一生下来就叫黄道婆呢? 不会的。她一定有属于自己的活泼而鲜亮的乳名,只是,她天真率性的童年早已被岁月湮没。我们所知道的只是她出身贫苦,少年凄惨,被卖作童养媳,受尽屈辱和折磨,后不堪生活重压逃至海南,苦学棉纺织技术,精研棉纺织方法,改良研制棉纺织器具,成为中国棉纺事业的带头人和领路人。1296年,黄道婆带着成熟的纺织技术重返家乡,此时,她的公婆丈夫皆已过世,她生活上已无挂碍,一心一意地向乡民传授错纱、配色、综线、絜花等织造技术,而且,织成的被、褥、带、帨(手帕)等,上面绘有折枝、团凤、棋局、字样等纹饰,鲜艳如画,名驰全国。一时,她的家乡松江府成为全国最大的棉纺织中心,松江布享有"衣被天下"的美称。

而今,黄道婆当年发明、使用的纺织工具都被现代化的钢铁设备所替代,但是,人们不会忘记她开历史先河的伟大创造,不会忘记她对后世纺织技术的重要启蒙。

无论现代科技发展得多么令人眼花缭乱、目瞪口呆,若干年前,谁发明了铁锹和犁铧,谁打制了锄头和镰刀,谁教授人们织出第一个渔网,谁帮助人们造出了第一辆独轮车都会被永远地纪念和缅怀。

9月5日

棉花能织出多少布料?

原色棉布、平布、毛蓝布、印花布、府绸、麻纱、斜纹布、卡其、哔叽、华达呢、横贡、劳动布、牛津布、青年布、线呢、平绒、灯芯绒、绒布、绉布、泡泡纱、条格布、纱罗、玻璃纱……谁知道究竟有多少种呢?

9月6日

棉袄、棉裤、棉坎肩儿、棉帽、棉鞋、棉拖鞋、鞋垫、棉手套、围巾、袜子、套服、中山装、衬衣、背心、裙子、唐装、防寒服、西裤、内衣、内裤、筒子裤、喇叭裤、猎装、背带裤、连衣裙、大衣、茄克、旗袍、马甲、披风、披肩、风衣、休闲服、登山服、T恤、胸罩、浴巾、毛巾、浴衣、睡衣、头巾、兜肚、包被儿、被面、床单、枕皮、枕巾、线毯、毛巾被、床罩、围裙、套袖、包袱、褡裢、窗帘、幕布、蚊帐、沙发、沙发套、书包、坐垫、靠背、座套、布袋……

哪一样能离了棉花呢?

9月7日

想起计划经济,想起票证时代。

那个时候时兴布票,没有布票不能买棉布。

布票1953年开始实行,有1寸的、2寸的、半尺的、1尺的、2尺的、5尺的、10尺的,一直用到20世纪80年代初期。

布票一开始叫"棉布购买证""购布票""购布证",60年代初称为"布券",后来统称为"布票"。除了普通的布票以外,还有军用布票、特种布票、化纤布票、辅助布票、临时布票、鞋面布票、奖售布票、棉絮票、棉胎票,还时兴过汗衫票、背心票、布鞋票。军用布票由国家商业部发行,可在全国通用。各地布票均由省市自治区商业厅(局)分年发行,按照规定时间在本地使用。跨地购买时,要到指定地点兑换异地通行票证。

兴布票的时候,一般一人一年的布票是3尺,这当然不够用。所以,那时候"新三年,旧三年,缝缝补补又三年"是人们的穿衣习惯。只有等攒够了布票,才能裁一身新衣服。我就在村里的供销社亲眼看到一个老太太抖抖缩缩地取开缠得紧紧的脏手绢,拿出几张叠在一起的布票,要买几尺布,而售货员打开一看,说,你的布票过期了,不能用了。老太太当即坐在地上,捶胸顿足,痛哭失声。

布票之外,还有粮票(大米票、小米票、面粉票、细粮票、粗粮票)、油票、煤票、糖票、自行车票、缝纫机票、电视机票、手表票、柴油票、机油票、煤油票、化肥票、桌椅票、大衣柜票、鸡鸭鱼肉票、猪牛羊肉票、鸡鸭蛋票、酒票、茶叶票、豆腐票、蔬菜票、土豆票、马料票(军用)、肥皂票、卫生纸票、洗衣粉票、手帕票、抹布票、火柴票、理发票、洗澡票……

那时候穷啊,什么都缺!因为穷,村里打光棍的也不少。有什么吃力的重活叫光棍们干,之前队长戏谑地许诺:上啊,干完每人发一张媳妇票。

9月8日

1976年之前,人们铺的盖的穿的戴的都是全棉制品,人造纤维的推广和混纺技术的提高,彻底改变了这一格局。1976至1979年,中国大量进口化纤设备,从而引发了国人穿衣上的革命。

现在人们选择衣料大都重纯棉和丝绵，轻化纤，认为纯棉和丝绵质料的衣物穿着透气舒服，吸湿保暖，可在当时却恰恰相反。那时化纤布料刚刚进入市场，价格要比棉布高许多，拥有一件化纤衣服简直就是"身份的象征"。

记忆最深的是"的确良"，也有叫"的确凉"的（南方人还叫成"的确靓"）。的确良这东西轻、薄，用的确良做的衣物耐磨、不走样、容易洗、干得快而且颜色艳，不掉色。那时我在村联中读初中，班里有一个女生穿了一件粉红色的确良上衣，引得全校师生都围着她看。他后位是个男生，趁她不注意的时候，从钢笔里捏了几滴墨水滴到她的的确良衣服上，她发现之后那个哭啊，把眼皮都哭肿了。后来洗了好几水才把墨迹洗干净。其实的确良这东西并不怎么好。它又凉又滑，穿在身上不贴身，冬天不挡寒，夏天不透气，天一凉就嫌冷，天一热闷得慌；它还不吸汗，一出汗衣服就像一贴膏药糊在身上；一遇上水，透明性极强。要是遭了雨淋，衣服会整个儿粘在身上，特别是爱美的女孩，悄悄隆起的胸部便现出两个坨坨，不得不用手紧紧地捂住。

逐渐地，化纤和各种涤/棉、棉/维、毛/纤、棉/毛布料一样样生产出来，什么锦纶、涤纶、氰纶、丙纶、维纶、氯纶、氨纶、氟纶，不知道还有别的什么纶。还有人造毛、人造革，更有从国外传来的法兰绒和牛仔布，使人们的穿着一下子丰富起来，花哨起来。

9月9日

上个世纪的七八十年代，成衣不怎么普及，哪个村里都有裁缝铺或缝纫铺。能开个裁缝铺可不是个小事情，买一台缝纫机得三四百块钱，按照比价，相当于现在的三四万，或者更多。还得出去学会使用它。

我们望云村是个大村，有三个裁缝铺，每个铺子都常年积着一摞摞的布匹，做一件衣服总得个七八天甚至十来天。临近春节的时候，裁缝铺和理发店、豆腐坊一样，总得忙活到后半夜。

村东头开裁缝铺的姓来，小名喜子，都喊他来喜。他从小患婴儿瘫，走路拄双拐,但裁得准、缝得细,是个好裁缝。支书的闺女跟他学裁缝。支书原来想着让闺女学会之后开个裁缝铺的,可这孩子学了没多久跟来喜好上了,要跟他结婚。那还得了?父母一管,闺女索性不回家了,就跟来喜吃住。掰不开就硬掰。支书找了几个人,闯进裁缝铺就把闺女绑架了,送到外村的亲戚家。念来喜是个瘸子,愣几愣没砸了他的裁缝铺。闺女在亲戚家又哭又闹。哭足了闹够了,被父亲嫁到几百里远的黄河北。从此,闺女一次都没回过村,也不愿见爹娘。

9月10日

棉花的吐絮期很长,可达 60 到 70 天。它不像山楂说红一树都红了,也不像葡萄说紫一架都紫了。它今天爆开一枚,明天垂下一缕。它等棉桃里面的纤维完全伸展并彻底脱水才展露出来。所以拾棉花不像刨地瓜刨花生似的,不管大小一次收完。

拾棉花是个慢工,也是个细活。秋天的乡间小路上,经常能看到人们挎着个篮子往家走, 里面装了一篮子或半篮子棉花。他们从自家的棉花地里刚出来。在鲁南,近年来少有大块的棉田,而他家的棉花今天刚好就拾这么多。

9月11日

拾棉花算是比较轻松的农活了,大人、孩子、老者都能干。

那年上三年级,学校组织我们到生产队拾棉花,一人一垄。垄很长。报酬是拾完一垄奖给一块糖。老师在地的那头等着,提着一个装满糖块的布兜。拾啊拾。在离地头不远的地方,我的这一垄和旁边一个女生的那一垄两垄合成了一垄。这可怎么办。我们只好一人一棵拾到头。到头了。老师以为我们偷懒,两个人只拾了一垄,解释没用,老师不愿到那个两垄合一垄的地方去看看。只发一块糖。这可怎么办。那女生说好吧,这块糖咱俩一人一半吧。说着把糖纸剥开,咯蹦咬下一半,把另一半塞到我手里。

9月12日

大片大片的棉田里,雁阵一样的人们在里面有说有笑地拾棉花,该是一个何等壮观的欢乐场面啊!

内地是看不到了,此景只应新疆有。

据悉,新疆每年都种植800万亩棉花,疆内疆外的拾花工就需要50万人。想想,50万人遍撒天山南北,蠕动在秋天的棉花地里,是大地上多么美丽的风景。

七月份去过新疆,从乌鲁木齐到博乐,沿途皆是望不到边的棉田。途中曾几次下车,在地边上拍照、流连。当时棉花正在花铃期,只看到几拨给棉花打顶的人,更多的棉田里一个人都没有,棉花兀自在阳光下生长,其浩瀚和沉寂撼人心魄。

9月13日

是不是我们这儿的棉花都跑到新疆去了呢?

的确如此。

"20世纪80年代以来,中国棉花生产空间布局经历了两次较大的变迁。1980年代,中国棉花生产布局出现了由南向北迁移。一方面,长江流域的湖北、四川、湖南和江苏四个棉花种植大省的棉花种植面积迅速萎缩,其中,湖北省棉田减少最多;另一方面,黄河流域的鲁、冀、豫三省的棉花面积增长很快,其中,山东省的棉花种植面积增长最为迅速;同时,西北内陆的新疆棉花种植面积增长较迅速。1990年代,我国棉花种植空间布局重心由黄河流域和长江流域部分地区向西北内地新疆迁移,一方面,山东和河北两省棉花种植面积迅速减少,同时,南方的江苏、湖北、四川等省和黄河流域的陕西棉田继续萎缩;另一方面,新疆地区棉花种植面积迅速增加,成为我国棉花种植面积最大的省份。2000年以来,河北、河南、山东和陕西四省的棉花种植面积出现了恢复性增长,四川和湖南省棉田萎缩,湖北、江苏、安徽、陕西和新疆五省(区)棉花种植面积出现倒"U"形波动。

纵观二十多年来我国棉花种植空间布局变化,从总体看,显著地表现为,棉花主产区由南向北,向西北的新疆地区迁移。"

(朱启荣《中国棉花主产区空间布局变迁研究》,中国农业科学技术出版社2008年3月版)

什么原因呢?有自然因素,有技术因素,有经济因素,也有政策因素。

但是,一个物种的迁徙和流变肯定还会有其他的不为人知的因素,这些因素就比如冰川融化、河流改道,既缓慢又突然,既偶然又必须,看似可调可控而实质上又势不可挡。

9月14日

结铃性。单铃重。衣分。籽指。霜前花率。发病高峰期鉴定枯萎病指、黄萎病指。纤维长度。整齐度。比强度。伸长率。反射率。马克隆值。黄度。环锭纺缕纱强力和气流纺品质指标。

这些叫大家看上去陌生,读起来拗口的术语反映着棉花的品质。正如姓名、性别、年龄、身高、体重、血型、健康状况、民族、婚否、身份、学历、学位、职务、职称、社会兼职、政治面貌、工作经历、主要业绩、培训情况、受过何种奖励或处分等等证明着人的高下。

9月22日

棉絮上粘着不少草籽和草屑。拾棉花的时候,既使眼再尖,也无法把上面的草籽、草屑完全摘净。

棉花地里为什么有这么多杂草?我想也许是它想借着棉絮把自己的种子带走。许多草籽身上长满绒毛或细刺,很容易粘附在动物身上、树叶上、庄稼棵上,更容易粘在棉絮上。有些草籽会顺利地跟着棉花随主人回家。

至于草籽最终会被带到哪里,又是在哪里发芽生根,真的说不上。

9 月 27 日

为了赶麦,有时候棉花得提前拔掉,好腾茬。

将带着不少青铃的棉秸倚在院墙内外,就不管它了。等忙完秋种,青铃在秋阳秋风中一个个开裂,吐絮。有个别开得不彻底,形成僵瓣。这本身是一些弱小的棉桃,随着气温的下降僵在了棉壳里。主人将它们剥下来,放在一边,单独处理,留作他用。

10 月 3 日

如果是一年一熟制棉田(多为旱地、盐碱地),直等到棉花拾净了,主人也不急着将棉秸拔掉,落光叶子的棉棵依旧挺在地里,经霜沐雨,有时候竟至下了大雪。主人把它们忘了。去年冬天,我在岳峰村的一片靠近树林的干枯的棉花地里,还发现一条破残的蛇蜕缠绕在一株棉棵上。蛇可能经常在这儿活动。附近的林子里住着很多麻雀,麻雀吃饱喝足,可能会到棉棵上站一站,耍一耍,正好让住在这儿的蛇果腹。不知哪一会儿,主人背着手逛到地里,看到它们,觉得这件秋天该干的活儿撂到现在,有些不好意思。于是,卷卷袖子,一口气将半枯的棉秸呼呼地拔完,堆到地头上。

这堆在寒风中风干的棉秸又可能在一个干冷的冬夜,被村里的一个捣蛋孩子唻——划一根火柴烧掉,留下一片灰烬。

10 月 4 日

有意找了一些写棉花的文章看了。很多。多是上世纪五六十年代或六七十年代的人写的。往后的所谓"80后""90后"不写这类的文章,他们的文字没有以庄稼地作为背景的,因为他们与庄稼没有多少感情,有的干脆就不认识庄稼果木与菜蔬。

《棉花地》《棉花人生》《想起棉花》《拾棉花》《棉花的花》《一个人的棉田》《棉田里的母亲》《晨光中的棉田》……都是在棉花地里发生的事儿——贫穷、苦累、欣喜、愁烦,凄美的爱情,骇人的生死。都是那么让人刻骨铭心。

在棉花地里发生的事儿,注定和在麦地里、玉米地里、瓜田里、稻田里、栗子园里、枣园里、苹果园里发生的事儿不一样,也跟在树林里、河湾里、村巷里发生的事儿不一样。

10月10日

既是纤维作物,又是油料作物、粮食作物,还是化工原料和战略物资,而且还是美容产品。这样的作物,除了棉花,没有第二个。

10月11日

棉花竟然可以用来制造炸药。刚刚看到这样的文字,着实叫我吃了一惊。棉花(或棉籽绒)与浓硝酸以及浓硫酸混合作用后,可以制成炸药,俗称"火棉"。据测定,火棉在爆炸时,体积可突然增大47万倍!火棉的燃烧速度也是令人吃惊的:它能在几万分之一秒内完全燃烧(几万分之一,这可以叫做瞬间了吧)。因此可以用作枪弹、炮弹的发射药或固体火箭推进剂的成分。

啊!轻柔的棉花、温软的棉花竟有如此大的威力和杀伤力!

这叫我想起蓖麻、曼陀罗和苦巴旦木。成熟的蓖麻籽青豆大小,上面裹着一层漂亮的迷彩,但是,蓖麻籽中却含有毒蛋白及蓖麻碱,4至7岁儿童服蓖麻籽2到7粒即可中毒致死,成人20粒亦可致死。非洲产蓖麻籽据说毒性更大,2粒可使成人致死,小儿仅需一粒。曼陀罗在中国北方随处可见,它有许多漂亮别致的名字:洋金花、山茄子、万桃花、醉心花、醉人草、闹阳花、透骨草、喇叭花、风茄子、野麻籽。夏天开乳白色或淡黄色的花朵。它还是一味中药。曼陀罗的主要成分是莨菪碱、东莨菪碱和阿托品,除作外科手术的麻醉剂和止痛剂,还作春药和治癫痫、蛇伤、狂犬病。它全株有毒,尤以种子毒性最强,儿童服3~8颗即可中毒。巴旦木是喀什名贵特产,是维吾尔族人民珍视的干果,常用它来招待贵客。它还是一味药材,维药中60%的药都配它。但是,有一种苦巴旦木,其中含有剧毒物质氢氰酸,20颗即可毒死一个人。

还叫我想起潜隐着巨大毒性的金钱、美女、美酒、以及人的一切可怕的欲望。

10月12日

我国有五大产棉区:黄河流域棉区——我国最大的棉区、长江流域棉区、西北内陆棉区、北部特早熟棉区、华南棉区。

所幸,我生活在这个大国的最大产棉区。

我觉得,在广袤的棉田中生活,胜过临居江河湖海的滋润;胜过地处交通要塞的便利;也胜过身居风景名胜地的怡悦;胜过毗邻煤电油气等天然宝藏的优越……

报载:全国最大棉花物流中心建在山东章丘。该项目占地450亩,总投资2.6亿元。该物流中心建成后,主要从事棉花现货交易、期货交割、仓储、运输、经营业务。投入运营后,棉花存储能力将达到20万吨,成为全国最大的棉花物流企业、最大的交易市场物流中心、最大的进口棉集散地和最大的棉花仓储专业库。

想想吧:一包一包的棉花堆在家门口,一车一车的棉花拉进来拉出去,流散各地,这是多么的幸福,多么的荣光。

10月19日

一个人降生来到世上,他最先接触到的物质是什么? 是什么第一个迎接了他? 是棉花。是用优质纯棉缝制的一方柔软的包被儿将它紧紧地裹起。虽然,这些他并不知道。虽然,若干年之后让他记忆最深的农作物可能并不是棉花。虽然,他并不曾对棉花感恩。

而一个人离世时,他唯一带走的又是什么? 这时,他吃下的五谷已经排空,他经历的往事已经忘尽,他见过的人物早已远离。但是,他如果有力气抬起手来,摸一摸他的身上,他会摸到一身棉花织就的朴素衣物。

10 月 23 日

小麦出苗。一行行新绿,像一首关于秋天的诗。

大地空阔。玉米砍了,花生拔了,地瓜刨了。棉花也拾完了。

风中挟带着凉意。树叶凋零。

寒冷即将来临。棉花经过加工,会很快进入我们的衣被,温暖我们的肌肤,温暖我们的心。

今日霜降。